妈妈，请这样爱我

杨敏 —— 著

江苏凤凰文艺出版社

图书在版编目（CIP）数据

妈妈，请这样爱我 / 杨敏著. — 南京：江苏凤凰
文艺出版社，2017.4
 ISBN 978-7-5594-0259-2

Ⅰ.①妈… Ⅱ.①杨… Ⅲ.①长篇小说－中国－当代
Ⅳ.①I247.5

中国版本图书馆 CIP 数据核字(2017)第 071235 号

书　　名	妈妈，请这样爱我	
著　　者	杨　敏	
责任编辑	姚　丽　赵　阳	
出版发行	江苏凤凰文艺出版社	
出版社地址	南京市中央路 165 号，邮编：210009	
出版社网址	http://www.jswenyi.com	
印　　刷	江苏扬中印刷有限公司	
开　　本	890×1240 毫米 1/32	
印　　张	8	
字　　数	200 千字	
版　　次	2017 年 4 月第 1 版　2017 年 4 月第 1 次印刷	
标准书号	ISBN 978-7-5594-0259-2	
定　　价	32.00 元	

（江苏凤凰文艺版图书凡印刷、装订错误可随时向承印厂调换）

做妈妈的你，想念和怀念妈妈的你，必读。

我在心中真诚祈祷：当你读了这本书，妈妈们欢颜里的惆怅，坚韧里的无奈，迂腐里的清新，她们美丽如画或稀松平常，光鲜亮丽或默无声息……都会让你高山仰止，同时，你会用惊天动地的声音，开始呼喊你的妈妈。

　　谁都会有这样的妈妈，只是，你从来不知道，她真正是谁。

　　如果你是妈妈，请像她们这样爱我。

目录

自序
001

一、心房难开
001

二、初见明月
013

三、明月有光人有情
031

四、迎风独立,扬帆远航
057

五、戴上智慧的帽子
075

六、爱心似海
097

七、自强女人最好命
123

八、两个"女儿",一个"妈妈"
145

九、"浪子回头金不换"
167

十、镀金的玫瑰
193

十一、自由如风
211

十二、冬日的阳光
235

自 序

"妈妈，妈妈，你看！"

"妈妈，妈妈，你听！"

"妈妈，妈妈……"

在我开始写这篇序言的时候，甜甜的女童音，脆生生的男童声，总在我的耳边萦绕着，他们把我带领到一个个场景中去：孩子们用他们真诚而稚嫩的初心，呼唤着他们的妈妈，于是，妈妈的大手拉着孩子的小手，小手便陡增了一份温暖和力量，于是，孩子和妈妈，他们一起去探寻和发现世界上的好奇和未知，感悟一桩桩共同成长中的美妙趣事……那是多么令人向往和啧啧称道的情境啊！

去年的春末夏初，当我对这本书的创作只有一个朦朦胧胧的想法的时候，在南京，一个大雨滂沱的周日上午，坐在江苏凤凰文艺出版社的赵阳编辑的对面，和她畅谈我的诗集出版的时候，我就将这本书的创作构想，口无遮拦地讲给她听了。

赵阳老师的反应出乎我的预料，尽管我嗫嗫嚅嚅，并没有表达得很清楚，但睿智而敏锐的她，已经洞悉了其中的价值和深意，她态度明朗地支持我创作这本书，遗憾的是，我当时表述的所谓写作构想，是在脑海里临时构思出来的，无法系统性地与她探讨和深叙。

她激励的话语，让我的灵感翻飞，让我尽可能地写好这本小说。我后来才感觉到，我是一个多么需要别人鼓励的人啊！

在我的电子邮箱里，至少有30封的邮件，是我的妈妈朋友们，陆续从国外发来给我的，她们在向我嘘寒问暖和表达想来中国看看的愿望的同时，几乎都拜托我说，想到我们的云南外国语学校来，做点志愿者的事情，尤其是要为学生们做些事情。看来，已为人母的她们，远行千里或万里迢迢来到中国，为孩子们付出爱心之举，似乎是她们要来中国的一个必要的理由。

每每读到她们的来信，都难以抑制我的感动之情，泪水浸湿了我的眼睛，一次又一次。

终于，我听到来自心中的一个声音：放下你的其他写作安排，先写一本关于妈妈的小说吧！

这声音无比强烈，震撼我的心灵，又无比诚挚，它坚定了我的信心。

其实，一直以来，我都想成为一个优秀的、塑造出不朽"妈妈"形象的写手。

不是因为遭遇了不同种族、不同肤色的妈妈们的故事后,有一种强烈的、要向世界呈现中国妈妈们特质的愿望,而是感觉到如果不去为妈妈们做点什么的话,会是一种深深的遗憾。尽管我知道,自己还没有足够的力量,深入到众多中国妈妈的内心深处,去透析她们的喜怒哀乐!

在我的认知里,妈妈们,这是个美丽而又过于复杂的群体,我爱戴她们,仰视她们,还会基于同性的某种情感,不问青红皂白地拥护她们。

可是,说实在的,她们又是让我忧心忡忡的一个群体。

由于从事教育工作的关系,我亲眼看到过一个个透着灵秀之气的孩子,是怎样被他们的妈妈,影响和着力打造成了一个个优秀的自食其力的劳动者,而当初那些本是纯洁无瑕的孩子们,又是怎样被他们的妈妈,亲手戕害成一个个文明社会里的傀儡的。

一名光荣的自食其力的劳动者,他们独立,自立,有理想,有具体的行动,不仅做到在精神上的自主和自律,而且,我们有理由相信,今天他们做了自己的主人,他们就是社会和国家未来的栋梁。

一个文明社会里的傀儡,多半是被妈妈们不思进取的价值观和愚昧无知的骄纵行动,潜移默化促成了一个必须依赖他人输血和输氧的巨型婴儿,看似他们在当下对社会的危害性不大,其实,在他们的身上埋藏着的反文明的负能量,随时会释放出来。

所以,一旦思考起关于妈妈的主题来,我的情绪起伏很大,悲切或欢喜,郁闷或舒畅,总是有一种难以割舍的情感,爱和恨,紧紧围绕,不容我不以小说的形式,写出妈妈们的故事!

为什么妈妈和孩子总是有着密不可分的关联？

为什么妈妈们是备受社会关注的群体？

现在，应该不会有谁再质疑诸如这些问题。

从这个意义上来说，尽管明白自己影响不了妈妈们，也改变不了妈妈们，但从内心的渴望来说，让她们能够读到一些用文字表述出来的故事，因循着这些小说里的人物，找到自我的影子，学习发现自我，应该是有积极意义的，也是我的心愿。

我常常反思一些发生在妈妈们身上的故事，当我看到人性之光、母性之光，是那么简单地就可以大放异彩的时候，我知道，只要她们做着真实的自己，听从内心对自己的召唤，那些传统里陈腐的东西，就算被她们沾染上了，也不至于要了她们的命。所以，在我的故事里，我主张妈妈们真诚而真实地活出自己的模样来。

写熟悉的人和事，写自己能够深度理解和有分析力的作品，这是我写作的一个态度。

所以，这部小说，我只能够透过南方一隅之地，在深谙和学习当地特色文化的基础上，用我良好的愿望，剥去粉饰着她们几乎是几代人故事的厚厚的面罩，盼望着在全球一体化的春风中，妈妈们栉风沐雨，在传统的生活之路上，采摘下现代文明浸染过的一朵朵花儿，这些花儿，是妈妈们良好的陪伴，为她们专美。

所以，这部小说里的"以一斑而窥全豹"的故事，是我专程为妈妈们采撷的花儿。我愿这些花朵，也能伴随妈妈们的生活，不论苦乐，悉数开放，致敬妈妈们的美丽人生。

我相信，懂得做妈妈的女性，风趣而智慧的母性，在生活的每一个航程里，都可以使得原本疲累的旅行轻松写意，不惧怕细细碎碎的杂务，掩埋了自己的幸福，也不在意自己付出了多少，就要得到多少回报。

其实，亲爱的读者，你也从我的《自序》里，多少感受到了我的杞人忧天，我的颇为沉重的感怀和心绪，这是因为我对中国妈妈们的寄望颇高，而当下，妈妈们正向着开明而广袤的未来前进，我在为她们加油，也在为自己和读者加油！

我在新西兰北岛的泰晤士小镇，完成了这本书的后半部分写作。其间，我拜访了当地的一些不同年龄的妈妈，她们有的是英国移民的后裔，有的是当地土著的毛利人，有的是具有欧洲和亚裔血统的、老一代或是新一代的移民。我和她们谈我书里的故事，她们往往以闪亮的目光望着我，那是她们世世代代对一名普普通通的作者都会投来的尊敬的眼光。然后，她们多半会问我是否很快乐地在写作这本书，完全不像我的中国妈妈朋友们对我的提问，那些关乎道义和责任的，几乎涵盖了社会教育、家庭教育、学校教育、自我教育的、沉甸甸的问题。

是啊，快乐纵然是简单的哲学，而背后，蕴含深意。

妈妈们，我爱你们！
恭祝做妈妈的你，想念抑或怀念妈妈的你快乐！
希望听到你们真诚的声音：我喜欢你写的这本《妈妈，请这样爱我》。

一、心房难开

"这辈子，做梦都没有想过，自己成了'十大妈妈'。"

紫鑫在宽大的床上四仰八叉地躺着，眼睛无神地盯着天花板上吊灯反照出的光圈，脑袋里填满了如棉絮般没有形状的想法，这些想法此时和自己身体的状态一样，一点儿张力也没有。

哦，刚才那句话，是谁说的呢？怎么，就这一句话，就灌满了自己整个头脑？

紫鑫不自觉地侧身向右。一时间，这句话幻化成了几幅映在头脑中的肖像画，画中的女士们或撅着樱桃小嘴，或张着血盆大口，或轻轻蠕动着上下嘴唇，用不同的音韵重复着那句话，要么尖声如剑，要么粗劣如沙，要么低沉如铁，像是事前有约，故意来戏弄她、嘲讽她的。

紫鑫不禁打了个寒战，赶紧将头缩到毛毯下面，一动不动，此刻，似乎自己那纤纤柔柔的呼吸也是多余的了。

在江南小城同桐市足足待了一个星期后，紫鑫于当晚回到北京。
本来想此行为"十大妈妈"的采访开个好头，回来就按照计划拟定提纲，再进行下一步工作的。可是，原先制定的流程打了水漂，眼看着覆水难收，而任凭她怎样恪尽一个媒体人的职守，都无法使妈妈们配合她的访谈……
此时，天花板外是空蒙的穹宇，她的心中，也是一片茫然。

翌日早晨。
"紫鑫，紫鑫，紫鑫！"刚出电梯口朝着办公室的方向走了几步，就从身后传来了一串大大咧咧喊自己名字的声音。紫鑫没有在意，若无其事地径直往前走，直到一对挺立的乳峰横在面前，伴着急促的呼吸在酒红色的衬衫里颠簸抖动，几乎要呼之欲出，一只胖乎乎的、白白嫩嫩的手在她的眼前晃了晃，这才发现一个长得结结实实的人，在窄窄的走道上拦住了自己。
"你丢魂了？这么大声喊你都不理人？"对方一边嘟囔着，一边拉着紫鑫闪到墙边，让急匆匆的同事们赶紧通过走道，鱼贯进入各自办公室。
"哎，又是你！"
"怎么不能是我？攀上你也不容易呢！"
"眼袋都快出来了，灰色的云彩下凡到脸上了，头发像是要变成枯草了，哎呀，嘴唇怎么成了乌龟背了，让我这个准闺蜜心疼啊！"

"能不能不啰嗦了,我们中午在饭厅见吧!"

"好,好,听你的,永远听你的!"

"拜拜,拜拜!"

听得出,对方声音里的雀跃和笑意。

这个乔一,率真可爱得常常令紫鑫叹气和无奈,但又不自觉地,让人从心里生出一种女性之间特有的、茉莉花香般的艳羡之情来。她性格里的可爱之处,不让人喜爱和难忘都不行。

"怎么,看上去有点可怜的样子嘛!"紫鑫坐在公司总监办公室的小会议桌旁,一本正经地想向方大伟汇报这一周在同桐市的工作,没想到,他倒是一开始就向着紫鑫撒播起同情心的花絮来了。

紫鑫没有接茬,只是面带倦容,淡淡地冲他笑了一下。

"我知道,如果这个项目不是一个国际性的项目,你也犯不着这么纠结,国际基金会投资赞助在中国做这个项目,要的就是'十大妈妈'的真实故事,榜样的力量是无穷的,他们也想发现和研究妇女援助计划的真实需求啊,否则,热心的国际基金会将来想帮助妈妈们实现梦想,都无门而入啊,你说是吧?"方大伟放慢了语速,探询般的口吻,和蔼亲切的态度,和他身上笔挺的黑色西装和深蓝色的领带并不是很匹配。这种来自方大伟的体恤式的谈话,让紫鑫感觉不习惯。

方大伟的工作方式一贯是布置型的,目标定好了,分解了任务,废话少说,赶快行动,干净利落得时常让人不明就里。

紫鑫还是笑了笑。

憔悴的脸上有了笑意,像发皱而疲倦的玫瑰花瓣忽然间被微风细雨温柔掠过,顿时生发出了对满腔生机的渴望。

"你看这样行不?"方大伟停住话头,为紫鑫端来一杯咖啡,轻放在她的面前,伸出右手,做了一个请的动作。

"啊,谢谢!"紫鑫的谢意里,明显带着一丝慌乱。

"我们把这'十大妈妈'排排序,找到切入点后,逐一采访,真真实实地再现生活中的她们,遇到工作进行不下去的时候,你就和她们一起生活,开启另一个模式,把自己当作她们的好朋友也好,亲人也好,同事也好,哪怕当成她们家的家教、管家、保姆、司机……总之,要走进她们,走进她们的心里去。"方大伟用心用情,一口气自顾自地说完了,紫鑫却走了神。

在同桐,自己曾经撞门而去或是电联过的,无论如何想象,都与站在光鲜的领奖台上截然不同的"十大妈妈",那不由分说,拒人于千里之外的模样,又浮现出来,占据了她的整个脑屏幕。

虔诚地站在采访对象家的大门口,自己甚至就连"十大妈妈"的模样都没有看清楚呢,就被"扫地出门";就连打电话的目的都还没有表达清楚呢,对方就毫不留情,毫无礼貌地挂了线,简直就是拒绝你没商量!

那句"做梦也没想过"的话,算是比较中听的了,被紫鑫幻化成的那一副副凶神恶煞的面孔,又在脑海里活灵活现起来了。

她有种想呕吐的感觉。

作为 WS,这间在本地迅速崛起的传媒公关公司的营运总监,方大伟也是从紫鑫这个外访记者的位置上过来的人,对采访的事情深有体验,对这件事情带给人的心理压力洞若观火。

紫鑫是公司最有潜力的新人,况且,毕业于中央兰开夏大学本科和剑桥大学硕士的紫鑫，本身这两间学校的传媒专业就是众人仰望的大不列颠的翘楚，何况她还是不折不扣的优秀毕业生，又在以色列的战火中做过战地记者，实习了一年。更为难得的是，她有着上一代人吃苦耐劳的精神和毅力，但凡落到她身上的项目，方大伟还是颇具信心的。"十大妈妈"项目的挖掘，合作，提升，走向国际，如果不是有紫鑫的背景和努力，也许国际基金会也不会认定了要和WS合作，毕竟，全英文的项目报告，以及接下来的宣传推广和交流，并不是找家翻译公司就能解决问题的事。一家带着语言拐杖的中国本地公司，是不被国际基金会看好的。

紫鑫不就是因为想把自己根植于现实社会的大地上，义无反顾地要深入民间生活，才加盟WS的吗？

方大伟作为公司的合伙创始人之一。那天紫鑫来面试的时候，他看到紫鑫的第一眼，就有别样的感觉，尤其是和紫鑫越聊越投机的时候，他的两眼炯炯放光，人也变得温柔了10倍。

紫鑫明眸皓齿，满面含春，挺直腰板，从容地端坐在他的面前，及肩的长发拢在脑后，黑白条纹的西装开领上，别着一枚闪烁着酒红色光亮的淑女头像胸针。

"这就是我。"紫鑫递上一张自制的名片，只见在湛蓝的天空和飘动的白云的下面写着：紫鑫，国际传媒人，擅长深度挖掘有价值的故事，设计没有设计过的主张。

卡片上，主张二字为树枝，下面是带着树根的图案，这条颇为粗壮的根和根须直接扎在了绿色的大地上，并抓牢了土壤。

这倒是让方大伟开了眼。

以往，坐在被面试位置上的人，很多连直视面试官的勇气都没有，被审判感会莫名其妙地跑出来围绕着他们，除了那些张大嘴巴，不着边际大抒雄心壮志的人以外，有创造精神又有真材实料的面试者，可谓寥寥无几。

久而久之，方大伟几乎患上了面试沮丧症，不仅要为招募到好人才殚思竭虑、东奔西忙，而且，每次面试结束，都感觉身体疲累之极。

国际范儿的紫鑫让方大伟心潮澎湃。有了她，公司那扇多次试图开启，哪怕只是能推开一道狭窄的门缝，每每又自动无情关闭了的国际化大门，看来真正打开它，是指日可待的了。

这个名叫紫鑫的女士，她怎么让人挑不出什么特别的毛病来呢？

面试结束，方大伟跑到 CEO 的办公室，向同是公司创始人的毛夏夏眉飞色舞地描绘着关于紫鑫的种种，方大伟平时留给人的古板和与年龄不相称的老成做派，顿时消失殆尽了。

"我请你喝咖啡！"方大伟大声地对毛夏夏邀约着，还拍了拍他的肩膀。

为公司觅得人才的喜悦，在他的心中，延续了许久，许久。

紫鑫觉得自己虽然有了过硬的学历，但是在职场上确实是新兵一枚，没有一丁点儿的优越感，对于新人来说，学习做事情的方略，还有工资拿，这等好事儿走到哪里，都是鲜见的。从另一面来讲，公司得付出代价培养新人，商场又如同战场，一个新人，要为公司创造效益谈何容易呢！

所以，紫鑫咬紧了牙关，硬着头皮没有和公司提及薪资待遇的要求。其实，价值观的博弈，也从来分不清胜负，只有拿心理的尺度和成就感来定论了。

"噢,对了,如果采访需要其他同事的协作,公司一定会支持的,你可得开口啊!"方大伟若有所思地看着紫鑫,他神情认真地,又一次抛出了一把带着橡皮圈弹性的,力挺项目的撒手锏。

"我倒是想改良下一届的'十大妈妈'评比活动,咱们可以和国际基金会联办,加上市里的妇联,也邀请几间女性的社会组织,海选的时候就得让妈妈们欢天喜地去参加活动,还得敞开心扉,接纳一些从来没有做过的事情,而且,势利地说,评选的目的性要更强一些,当然啦,这也要自然为之吧……"

这时,面对方大伟的鼓励和一片真诚的事业心,紫鑫乐于把暗夜里良久瞪着天花板思忖出来的想法和盘托出,倒是觉得心里轻松了许多。

方大伟心中暗喜。

只要紫鑫不退缩,就好。

他自己有过的不少访谈经历,也是无以言说的。

完成眼前的任务是关键。

能够打败竞争者,拿到由国际基金会支持的这类项目,实属难得。

可是,刚才乍一看到紫鑫阴霾的脸,把他吓得不轻。

秋日中午的阳光照得人暖洋洋,懒酥酥的。

乔一早就在公司楼下的餐厅,为自己和紫鑫订了户外共进午餐的位置,点餐的事儿也是一手包揽了。反正,紫鑫的胃口好到水牛见了也会自叹弗如的地步,只要是正儿八经地开餐,乔一还没有发现她口中的这位"准闺蜜"不喜欢吃的东西。

"这么准时下来赴约,看来是可以把手头的工作放在桌子底下了。"乔一啊乔一,她还是一如既往地打趣。

"以后别穿得这么性感,尤其是在我面前,尤其是把酒红色的衬衣换成了焦糖色的紧身衣!"紫鑫压根没有接乔一的话茬,皱着眉,盯着对方的胸部,歪了歪嘴,叹了口气,无可奈何地说。

"哎呀,坐在你旁边,不能太寒酸了,要有吸引眼球的东东出现,这也是为了你好啊,你和一个性感的人在一起,够风景了吧!"

"是够'风景'了,可这是两回事儿嘛!"

"你看你看,毛总也在往我们这边看呢!"

"哎,哎,疯好了,咱得谈点正经事情啦。"

"不是一直在谈正经事情吗?"

"'十大妈妈'的采访不仅得往下做,还得升级,往深里做。"

"方大伟感动你了,是不?"

"这是难得的题材。"

"这也是让人抖落隐私的难得的题材。"

"得往前走。"

"我乔一以资深媒体人,WS公司公关部刚刚任命的副经理的身份给你忠告吧,这些个'十大妈妈'不是在咱们北京,是在一个巴掌大的小地方。她们虽然住在水边,吃着小鱼小虾长大,可是心门是被缝上了线的,密不透风,除非你一个劲地提问,否则,故事情节编都编不出来。再说了,她们那些小心思真的暴露在光天化日之下啊,就会成为街头巷尾议论的热门,你想啊,那和扒光她们的衣服游街有什么两样,是不是?"

"那,那就死劲儿提问,让她们口无遮拦,心无遮拦,然后注意保护隐私呗!"

"先被鱼刺卡了喉咙,再提问,再保护,可能吗?"

"你怎么这么消极啊?"

"我是为你着想啊!我去做过采访的,她们要么金口难开,就算好不容易说话了,也没啥料,我怕你到时候啊没了耐心,只有解甲归田的份儿了。不过呢,如果功夫到家,和女人打交道也并不算难吧……"

"可是那地方还保守得很呢!得放根绳子到井底去,然后,再一点一点往上拽她们!"

"说易做难,竹篮打水一场空,还不如想象着写小说算了呢!"

……

番茄酱拌过的意大利面,还在白色的骨瓷盘子里静静地躺着,餐盘和波浪木纹清晰的桌面,组成了很随意的装置艺术,只是阳光的温度使之保持着微微的热气,还有食物的感觉。

乔一猛然发现周围的人越来越少了,下意识地抬头看了看对面广场钟楼上的大钟,惊呼起来:"哎呀,还有15分钟就得上班了,快吃了啦!"

二、初见明月

同桐市位于长江下游，不靠长江边，是相对内陆的一座小城。

市内阡陌纵横着上百条的小河小溪。

雨季来临的时候，那剪不断的雨丝，还有树叶和风儿，组成了覆盖大地的管弦乐队。一出出圆舞曲竞相演奏着，日夜不息，大自然里诞生的精灵指挥家，潇潇洒洒地挥舞着手中的指挥棒，收放自如又一板一眼，不由分说，就把原先的涓涓细流汇成了形态各异的微型湖。于是，小河小溪里的原住民们在更加宽广的家园里，孕育起自己的后代来。蝌蚪们、小鱼小虾们、水草们纷至沓来，沉浸在开辟新生活的快乐里。

这座小城，因了鲜活灵动的小河小溪而生机盎然，充满活力。

但是，这里的城市格局，几乎每一年都会发生变化。

虽然多年以来，这里充其量只是受到过台风的余波影响，但是，那可怜的方形圆形的湖，也会在不知不觉之间就掉个个儿。或者，一个更大的椭圆形的湖就会神秘出现，抑或湖泊消失，小河小溪们又是城市里唯一可咏可叹的水景观了。

所以，作家诗人们纷至沓来，把往昔的河溪蜘蛛网图谱打开，看看现在哪些还安在，哪些变迁得更加缤纷，纹理成章，哪些已经从手里的网图上消失，并兴致勃勃地确认自己现在到底站在蜘蛛网上的哪一个节点上，并猜想着憧憬着明年这个地方的景象。总之，对于喜好猎奇的创作者来说，乐得把这些网图折叠来，折叠去，因为它们老有新意，老有想象，老有吸引。

于是，出于作家笔下对于景致的关切，不知是由谁发端，同桐市被勾勒出一个先前没有的大背景，就是这里的女人，尤其温良贤淑，尤其她们做了妈妈之后，这种特质就更加表露无遗了。

当地的老百姓确实也不清楚，这种美誉于同桐的意义，只是觉得，这股文化风虽然尚属孱弱，但渐渐地就被吹起来了。

终于有一天，城里和乡下的人，都跑到西边相邻的一个县级市去看选美比赛了，人头攒动，好不热闹。

于是，就有人对选美女的活动嗤之以鼻，觉得肤浅潦草，毕竟露点露肉的事儿，不长久。

接下来，南边的城市搞了海鲜节，东边的城市搞了书法大赛，北边的，则搞了土特产展销和美食汇。看起来，同桐市也得要凑凑热闹才对了。

"我们选'十大妈妈'吧。"有一天，这个消息炸了锅似地疯传开了，它越过蜘蛛网的河溪，潜入到家家户户，惹得女人们的脸上红霞飞渡，一派欢欣。妈妈们心里揣着一头头小鹿，在胸膛里任由其横冲直撞，憧憬着打扮得花枝招展登上领奖台，10万元的奖金花落吾家，谁不动心动念?!

男人们呢，带着一种酸不溜秋的"皇帝选妃子"的喜悦，琢磨着是选初恋的那个她，还是暗恋的那个她，反正自己手上的这一票对于参选人来说，是至关重要的。至于太太们想要拉自己的选票，历史上也没有过这样的传统，想拉自己丈夫的票投给她们的某某闺蜜，则基本没戏，连投票给自己的妻子都不好意思或是心不甘情不愿的男人们，谁还考虑着身边的这些个细细碎碎的儿女情长?!

后来，有人说举办"十大妈妈评选活动"是某某作家的点子，又有人说是市政府问卷调查征集来的主意，还有人说是广大妈妈们自己的心愿。但随着首届活动的准备和开展，和千古传说里的故事情节一样，要么说法走了样，要么被滴答而过的时光无情掩埋了真相，没有人再想着去为这件事验明正身了。

当然，至于主办方是谁，承办方和赞助方是谁，好像也没有什么人对此表现出特别的关心。

不过，对活动起源的调查，倒是牵动着紫鑫。

这也是她的项目工作之一。回想读书的时候，每每递交作业和论文，派生出严肃的主题背景研究，都为她加分。有时，由于太过认真，累心累身体还不被认同，就连自己都想逃离这种苦行僧似的刨根问底，可是，这毕竟是根基和浮萍的区别，只是，人们在探究事物的时候，往往难以做到罢了。

有多少人体验过发见新事物的快乐呢？这也是紫鑫遵循着剑桥导师罗伯特的思维逻辑，常常自问的一句话。

紫鑫又来到同桐。

此行与上次同桐之行最大的区别就是，自己的心态变了。

紫鑫入住的这间青年旅社位于市中心，屋后紧挨着一条蜿蜒流淌的小溪。店主别出心裁，用陶瓷碗碟和花瓶布置大厅和走廊，加上画龙点睛的陶瓷画高悬在雪白的墙壁上，花钱不多，而确实特色艺术效果凸显。撇开周围大环境不说，还真让人以为是来到了景德镇或是法国中央高原上的陶都利摩日。

"住多久？"

"一个月。"

"姐姐住的时间不长啊，好的，请交定金吧！"

前台姑娘笑可盈人，身材娇小得让人怜惜，紫鑫怎么看她，都觉得像是童工。

"你和一个人很像。"

"啊？！"

"是热播电视剧里的一号妹妹。"

"她也会住青年旅社？"

"不知道哟！"

哎，干吗和她打趣，人家开心赞美你呀，一个装扮美貌的演员在她心目中，那可是高高在上的了，她可能一辈子都不会知道，演艺圈是个不折不扣的名利场。

紫鑫心里倒是想着自己的访谈对象。她们已经是这块土地上的明星，可她们甚至连敞开心扉都难，更遑论像演员似的以种种方式搏出位来吸引如前台姑娘那样的眼球呢！

"我得让她们明白思想放开,敞开心扉并不耻辱。"紫鑫暗暗下定决心。

这些天,眼看着北京香山的红叶一片一片被秋风涤荡,利利索索地亲吻土地,挥手和秋天告别,而这里,同桐市的梧桐树叶还是绿意盎然,偶有叶片卷曲枯黄,也不碍观瞻,它并没有发送出提醒人们关于季节更替的任何信息。难怪,下午放学的孩子们还围拢在便利店的冰柜前,雀跃着买甜筒冰淇淋来吃个欢畅。

"一个月,只给自己一个月时间,访谈和文案工作必须一起结束。那时回到北京,大概还能去听新年音乐会吧!"紫鑫单兵作战,一直需要自我鼓励。不过,独自在英国待了五年,对自己可以鼓足风帆前行,还是颇有信心的。

回想两周之前,第一次来同桐开展工作就碰了壁,自己真的就像是一根直直挺挺的毛竹,有胆量在野外经受雪雨风霜,可是如果遭遇了雷电袭击,就有可能被烧死,也这么宁死不屈吗?再说了,我可以弯腰,可以跑,可以避开危险,还真的一直是只做一根粗粗壮壮的毛竹?!

夜晚的大街上,还弥漫着无法消散的江南暑气,秋老虎盘踞在这里的时间并不短暂,但紫鑫心里的躁气基本上消散了。她一路哼着歌,穿过东西走向的、这个城市里唯一的一条步行街,看店家收拾挂在户外的各色货品,关灯打烊,再脚步轻快地走回到国际青年旅社,俨然就是这方土地上街里街坊的孩子,怕妈妈唠叨而不想早早就回家的一位大姑娘了。

夜深了,明天就要出击了,没准,入门难预示着门内别有洞天呢。还有,刚才在旅社大厅书刊架上翻阅到了一篇有关"十大妈妈"的文章,虽然写得十分官腔和古板,口号式的模范版本让人心生反感,但是却释放出了一个正面的信号:接受访谈充满可能性。

停止了思考,微微侧身,才留意到这个可以住8个人的房间,只有自己和邻床两人,而隔壁床上的胖妹呼呼睡得正酣,那匀称自如的呼吸节奏,恰恰是紫鑫在这出奇安静的夜晚里的安眠曲。

在接下来的三天里,紫鑫几乎把整个同桐城用脚步丈量了个遍。她像极了一位城市规划师在画出蓝图前对标的区域的勘探,熟悉街道,看人们的表情,看这个城市从早到晚在熙熙攘攘的核心区和几乎被人遗忘的角角落落的静默中,所表现出来的一招一式。

自从几天前紫鑫第一个入住这个大房间,又陆陆续续住进来了好几个人。这天,容纳8个人的房间住了7人,前台姑娘乐得合不拢嘴,在她的眼里,紫鑫简直就成了收银台上摆着的那尊陶瓷招财猫了。

"人气旺的人,一到哪里,哪里直接就火了。"前台女孩子不厌其烦,见着紫鑫的面,就说这话给她听。

紫鑫呢,一进旅社打过招呼干脆就把纤巧的女孩给忘了,倒床就直接去梦周公了。白天的紧张跋涉消耗了不少体力,谁还有力气在夜半三更折腾自己呢,哪还能去听周遭传来的梦话啊、磨牙啊之类的夜间怪调呢?

让你酣睡的地方,是你潜在的家。

"早啊!你也来送孩子上学啊?"紫鑫真不敢相信这是冲着自己而来的招呼声。

可不,一大早的,这间位于市中心的小学校门前就成了举行清晨送别仪式的广场。

妈妈们、爷爷奶奶们替孩子背着呆头呆脑的大书包,牵着他们的小手,送他们进校门,还千叮咛万嘱咐着这个那个,待学生们碰见彼此的同学,牵手并肩一路小跑着往教室方向去了,还恋恋不舍地目送着,直到一个个小小的背影从他们的视线里消失。

看到这样的场景,紫鑫担心,如果有足够多的爸爸们来送孩子上学的话,他们会不会也有足够的耐心,足够的儿女情长!

正思忖着,那句笑语盈盈的问候就翩然而至了。

"早啊!我来这里看看。"紫鑫含笑而腼腆地回答。

"好啊,你一定是个好妈妈,来为孩子看未来的学校吧,我当初也是这样的呢!"身穿一身酒红色连衣裙的年轻妈妈,热情洋溢,对紫鑫一点儿也不见外。

"您每天都送孩子来上学?"

"是啊,偶尔不来,他还不高兴呢,每天都要让我打扮得漂漂亮亮地来学校呢!"

应该是来学校的外面吧,可紫鑫并没有纠正她的说法。

"不过,照顾孩子,也要浪费不少时间呢!很多时候,自己要做的事情没有时间做,可是很奇怪,慢慢地就习以为常了,就把一些事情搁置下来了。"

"噢，是这样！"紫鑫不好意思发表自己的观点，只能迎合着这位妈妈。

"你在哪里上班啊，普通话说得这么好听，是电视台的吗？"

"我刚来同桐。"

"今天我家孩子过生日，我向单位请了假，正好没事儿，我们去旁边小溪边坐坐吧，那里有不少长椅子，也很阴凉呢！对了，我叫上娜娜的妈妈一起，好吗？"

"当然好，只是我不好意思。"

"有什么不好意思的，反正以后我们都是孩子同学的妈妈。对了，你叫什么名字？"

"紫鑫。紫颜色的紫，三个金的鑫。"

"紫气东来的紫，真好，中国的姓氏好多啊，常常让人想不到的。"

紫鑫听着，嫣然一笑。

"对了，我叫张丽丽，普通又通俗的名字，好记。"

"那我就叫你丽丽姐了。"

"看着你也比我小，我最喜欢被人叫姐姐了。哎，娜娜妈妈，娜娜妈妈，快来呀，介绍新朋友给你认识。"张丽丽的话音未落，一个打扮入时的中年女人，从小学校门边的栏杆处走向她们，显然，早前紫鑫看到的那个扒着栏杆不住地往校园里东看西看的背影，应该就是她。

紫鑫惊叹娜娜妈妈可以穿着几乎有12公分高的细跟高跟鞋，同时，还可以走得这么顺溜。毕竟，这个城市的道路凹凸不平，把T台上的专属品用到日常生活里,给人添乱的情况是时有发生的,好比你的身材再好,思想意识再开放,也不能时时穿着三点式招摇过市吧!

两个女人,还有紫鑫这位"准学生妈妈",就这样一起坐在小溪边柳树下的长凳上,聊开了。

太阳渐渐升高,她们兴致勃勃,只要话题在孩子身上,常常抢过话头往下说,一点没有要散伙的意思。紫鑫灵机一动,掏出背包里的小本子,请她们留下电话,自己则是大大方方拿出了名片,恭恭敬敬地分别递给两位妈妈,这往往就是礼貌的告别前奏了。

"说再见了,我要到姐姐家吃午饭,要帮着她忙乎一阵子。对了,紫鑫妹妹如果要当好妈妈,有必要认识一下我姐姐,她可是我们市里选出来的'十大妈妈'呢!"张丽丽的话音一落,一道明丽的光彩在紫鑫的眼睛里闪耀,关键是,她们不由分说,就把紫鑫牢牢实实当成孩子同学的妈妈了。

"是姐姐吗?我马上就去你那里,不过,今天要给你带另外一个妹妹来,好不?"

"好,死丫头,又开始捉弄我了不是?你儿子的生日蛋糕我可是不做了!"

"不不,这是真的,算是打过招呼了啊!我们一会儿就到。"

张丽丽的举动,着实让紫鑫迷惑起来,自己居然这么轻易地就被信任了。还有,这里的妈妈并不是原先想象的,都是榆木疙瘩之类。

"娜娜妈妈,我们走了,拜拜!"

"张丽丽,以后得叫我任梅,明年我参选第二届'十大妈妈',你还得为我拉票呢，老喊我娜娜妈妈怎么行?!"

"呵呵呵。"两个女人笑嘻嘻地分了手，紫鑫随着张丽丽上了她的小起亚轿车，飞快地飞向南市区。

"姐姐，我的新朋友是来向你学习怎么当个好妈妈的，你要好好教她，我呢，已经是你眼里的老朽了。"尽管一见面，张丽丽就这么说了，可是，关于做好妈妈这事儿，一直到午饭后，都没有再被提起。

"我要去做瑜伽，然后去接聪聪过生日，你们聊吧，免得我打岔，怎么样？"张丽丽一边对着她姐姐说，一边看看紫鑫。

刚刚认识，就被带到家里做客，在紫鑫过往的经历里是鲜见的。她压根儿不敢有留下来的奢求，这么近距离地观察"十大妈妈"之一的人物，何尝不是一种学习呢！

重返同桐之前，紫鑫电联了市妇联，试图通过妇联的牵线搭桥，尽可能和"十大妈妈"们联络好，尽管妇联的要求是让紫鑫到妇联来具体谈。这还没等到上门去对接呢，就遇到了热心肠的张丽丽，这种冥冥之中的缘分让紫鑫颇为感叹，心生愉悦。

"好啊，难得你的朋友这么友善和虚心，我们聊聊，你忙去吧！"
显然，紫鑫已经被接纳了。

龙井茶香，在不大的客厅里弥漫，她纤纤细细的手指落在杯壁，落在茶壶手柄上，牵动着宽宽敞敞的蓝色香云纱衣袖。她的一举手一投足，都有一种让人心池摇荡之美。

江南的女人,一旦安安静静坐着,那股子娴静的气味就上来了。她们本身就是一幅上天恩赐给人间的杰作,耐看,耐品。

正午的秋阳隔着黄灿灿的窗纱透射进来,把半个厅房染成了淡金色,两个人的脸色也由此显得雍容华贵。

"你不像是当妈妈的人!"她突然说,话音一落,紫鑫几乎落了魂魄。

"丽丽虽然是个冒失鬼,可是她那些个小姐妹的朋友们也不会带来我这里,为什么偏偏你是一个意外?"这个名叫明月的女人,又说道。

她不姓张而姓马,虽然在长相上输给了她的妹妹,可是城府不浅,讲话艺术细腻和周到得让你心服口服。

"我是来同桐做项目的,我们在小学校门口遇见,丽丽姐就认定了我是她儿子同学的妈妈,之后我给了她名片,她也没有在意。"紫鑫连忙坦白道,心里像是揣着一头小鹿似的,脸颊绯红起来。

"一个女人一旦当了妈妈,就会开始轻信人了。"明月呷了一口茶,轻轻放下圆圆的白色茶杯,留了口红印记在杯沿上,微笑的脸上闪过一丝无奈的表情。

三分钟的无语,空气凝结。

"来吧,姑娘,请到我的阁楼上来看看。"明月的情绪似乎在瞬间扭转了180度,她拉着紫鑫的手,上了木楼梯。

阁楼是在二楼间拦腰隔出的,一旦要到二楼就寝,就得弯着腰屈着背,爬到卧室里去。

爬进了阁楼，只能以打坐的姿势在里面活动，不过，三面的墙壁上都挂着照片和一些纪念物之类的物件，还有一面墙被木制的矮柜完全占据。

在这秘幽之地盘腿坐下，再几面来回旋转着身子观赏四壁，倒也惬意。尤其是，在这里，可以眺望到远处的一座小山，山腰上可见蜿蜒的银色带子，此刻正在阳光下闪着灿烂的光亮，给人一种幻觉，不禁要让人发问：难道这蜘蛛网上的小河小溪也远走"高山"了？

紫鑫被墙上的照片和矮柜子里的一些婴儿的用品牵出了浓浓的好奇心，在极尽全力发挥着想象力的同时，惊奇得几乎要屏住了呼吸。

"在这里，你得打个坐才能坐下，你不会去摸摸墙上的东西，翻翻柜子里的东西，你必须安静地看，安静地想事情。"明月用带着禅意的声音说着。

紫鑫使劲儿地点点头。

"这些照片都是我亲生女儿的，很小时候的，大一点的，从她奶奶家求来的，偷偷拍来的都有……柜子里全是她穿过的用过的东西，小坎肩，毛巾被，小盆，袜子什么的。"明月似在说着别人家的故事，语气平淡而沉稳。

"说起这些事情，我告诉自己要平静再平静，不然，心脏可是受不了的。"明月说着，用右手捂着前胸，明显地，是在寻求一种要让自己镇定下来的样子。

"明月姐，这里的照片和客厅里您女儿的照片明显不是一个人，是吧？"紫鑫不得不打开了话匣子。

"这个亲生女儿现在22岁了，楼下的那个女儿刚刚12岁，是三年前我领养来的。"

"她们，都好吗？"紫鑫战战兢兢而又嗫嗫嚅嚅地问。

"既然我带你来这里了，就会把故事完整地讲给你听，我们下楼去吧！"聪敏的明月，解救了紫鑫和她自己的窘况。

明月换上了新茶。

此时的紫鑫放下了大部分的拘束感，帮着冲洗杯子，从玻璃罐子里拿出饼干放在盘子里，她开始尝试忙碌着明月的忙碌了。

"其实，还真的不知道从何处说起呢，故事很长，又很啰嗦。"明月一脸的真诚，像是一位贤良的母亲面对晚辈时，非常想要表达自己的心语，但又不得不踌躇再三，欲言又止的样子。

"不如这样吧，你先说说自己的故事，不能让我一个人把场子都给占了，是不？"明月体恤着和她一起共度下午茶时光的紫鑫。

"我的故事，不，还说不上是故事呢，比较简单，把没说的补充一下：北京出生，北京长大，在英国留学，又回到北京工作，在WS公司做国际项目部员工，刚入职半年，是个新人，这次是来同桐出差，请您多多指教。"明月听着紫鑫字正腔圆的普通话，很是开心。

"不过，你忘了告诉我，国际项目部的员工来这里出差，是为着什么样的项目呢？"看来，明月还是放不下她的戒心。这也正常，此行紫鑫的访谈计划里，第一个就撞上了她，虽然上次来同桐不是碰了她的壁。

其实，遇到对方，她们两人都感到意外，紫鑫真希望她的前期工作开展得慢些，她知道，火候不到，她的工作笃定是没法往下进行的。

接着，紫鑫便大大方方地告诉了明月她此行的目的，她还没有能力在这位"十大妈妈"的面前,编造假话,或是遮遮掩掩。

听了紫鑫的坦言,明月眼观窗外,若有所思。

"其实,你上次来的时候,我也是知道的,虽然我们没有见面,可是,林帆和海鸣鸣都把你来的事情一五一十地告诉我了。"明月慢条斯理地说着,可是,紫鑫手里的半块饼干还是掉到地上去了,眼睛也瞪得老大。

"她们?林帆,海鸣鸣,我可是没见过她们呐,我见过的是……"紫鑫刚刚想说自己见过的只是某某的背影,她们根本没有正眼看过自己一眼。而且,她们只是听说了她的来历,就不问青红皂白,操着当地的方言,不客气地把紫鑫拒之门外了。尤其是那次在妇联的大院里,当妇联的工作人员和一位如约而来的"十大妈妈"耳语了几句话之后,她就立即掉转头扬长而去,把那句"这辈子,做梦都没有想过,自己成了'十大妈妈'"的话,狠狠地丢给了自己。

还有,妇联的工作人员当时也是即刻从她的身边躲闪开了,连个招呼都不打,就把紫鑫一个人晾在院子里晒太阳了。

"你可不要责怪她们对你冷漠轻慢,事实上,她们这样做是有道理的,这也是我们姐妹之间的盟约。"

"盟约???"

"你想想,媒体上那些乱七八糟的东西一出来,姐妹们怎么过日子啊?'十大妈妈'要么个个都是神仙,像机器人或是木偶,不食人间烟火般,纯洁伟大光荣;要么肮脏猥琐,遇到我们身上一丁点的污渍,就无限放大,成为炒作噱头的卖点,我们怎么生活下去呢?尤其在这么个巴掌大的小城市,亲朋好友一大群,裙带关系又复杂,走在街上,还不得常常上演老鼠过街人人喊打的闹剧?我还好,感觉有些抵御能力，有的姐妹可就惨了，难不成得把她们害成精神病不可？"说到这儿，明月侧目注视着紫鑫，重重地叹了一口气。

这么严重的预言和保卫办法，是紫鑫无法预料到的，她低头看着地板。

采访里遇到的这些情况，在剑桥的课程里，甚至在以色列一年的实习里，都没有碰到过，这就是所谓的地方文化？抑或是自己没有当过母亲，当真就是少了一种专属于母亲的智慧？

一缕亮光从紫鑫的心中升起，那是妈妈们母性的真诚传递过来的能量，至少，她在渐渐被"十大妈妈"的明月接受。

紫鑫告诉自己，无论先前她遭遇了谁对自己的冷漠和无情，无论她或她们用怎样的方法给自己造成了困扰，甚至是让自己失去了采访的信心，这些都不重要了。她可以渐渐理解和谅解她们的做法，她们的种种表现，太正常不过了。重要的是，自己要对自己和所做的事情充满信心。

她们继续聊着，话题也慢慢地再一次变得轻松起来，紫鑫也不准备一时间就把阁楼里的秘密，明月养女以及她的丈夫的情况，还有为什么张丽丽又是马月明妹妹这样的疑惑刨出答案来。

也许，有的疑问永远也不需要开解，自己能够做的，就是变作"十大妈妈"们母性之光里的一尾小小的金鱼。打个比方吧，有关"十大妈妈"的林林总总是一个蓄满了水的硕大金鱼缸，水里住着小金鱼和其他鲜活的水生物。在这个生动有趣的地方，每当缸里再次换进活水，小金鱼便得到了一次新生，它在缸里游啊游，寻啊寻，沉溺于每一次的探索和发现。于是，水和金鱼便难舍难分，于是，妈妈们不断需要提振的精气神,也和小金鱼有着直接的关系了。

"大姨,我来了!"一个小男孩的声音响起,随即一张圆嘟嘟的面庞在她们的面前闪现,这个人见人爱的小学一年级学生,可是比他妈妈早到了几乎一分钟的时间。

"大雄生日快乐!"明月赶紧拥抱了他的小侄儿。

"呵呵,你们还在聊呢?我就说嘛,能向姐姐学到很多做妈妈的好东西!没准啊,紫鑫也成了你们攻守同盟的一员呢!"张丽丽喘着粗气进来了,忙乎了大半天,她的脸上依然神采奕奕,身上活力盎然。

"攻守同盟?"

"哎呀,就是'十大妈妈'们行动一致的意思啦!一起晚餐吧!"

"不了不了,我告辞了,多有打扰了,改日再拜访。"

"明天周六,一起去姐姐的旗袍社吧?"

"她时常做我的主呢!"

"那就上午10点来这儿,我们一起去!"

"好耶,我也去。"当三个女人热热闹闹说着的时候,大雄钻到了她们中间来,一脸的认真,看看这位,又看看那位,唯恐失去了什么好机会的样子。

"攻守同盟?言下之意,回心转意也是共同的、一致的啦?"快到旅店大门的时候,紫鑫看似盯着旅社的大招牌看,实际上,那一瞬,她什么也没有看见,只是心心念念地说着内心里的独白。

三、明月有光人有情

三國時代人物の研究

一大早，前台的女孩子就在旅店的门前归拢着梧桐树的落叶，手脚利落，简直没法和北京清扫胡同小径的大婶相比，大婶忙着和路人搭讪，而这个江南的小姑娘，却是路人忙着和她打招呼。

终于有丝丝的凉意袭来，只是短短的几天过去，季节变换的信使就翩然而至了。

紫鑫发现，这个看上去始终像个初中生的女孩子，对谁都有一招，就是微笑。这免不了也让自己回想一下，这些天来，每天是否都微笑了，与人打交道的时候，善用身体语言是很受欢迎的，尤其是微笑，笼络人心的力量不可小觑。

早早来到明月姐住所外的紫鑫，这会儿才有时间仔细打量起这个不新不旧的社区来。

社区不大，东西走向的长形地块上，规规矩矩地一字形排着三幢九层高的楼,这就是此小社区全部的建筑物了,门房就设在矩形东边的端头上,一进到大门里,就看到笔直的足有5米高的樟树,卫兵站岗般分列园区道路两边,威风凛凛,有序有量。

穿过樟树大道,就是最西头的明月家了。

有一个身穿红色运动衫套装的中年男人,和紫鑫一样在明月家的房前屋后转悠,手里提着一个保温桶,一定是盛着什么好吃的东西。

刚才,她和这位男士在行走中相遇了两次,但是,对于紫鑫送上的"你好"的问候,他都视而不见,一副爱搭不理的样子。

回国后,在某些特定的地方和人打招呼,并没有人友善地回敬你,还常常换来奇异的眼光,紫鑫很长时间都不习惯,开始的时候还下意识地摸摸自己的脸和头,试图摸出有什么异样惹得路人不敢回应,后来才慢慢明白,各地风俗不一,也就见怪不怪了。

"你怎么来了啊?姐姐都说让你不要来的,可是……"风尘仆仆的张丽丽冲着那红衣男人开喊,乍一看到了紫鑫,把后面的话一下子收回去了。

红衣男人尴尬地笑了笑,说:"那你把豆浆带给她,我先回去了。"

"你还是拿回去自己喝的好,我替姐姐谢谢你啦!而且,求你以后不要来了好吗?姐姐都快要崩溃了!"丽丽一副不耐烦和凶巴巴的样子,不客气的语调,和这个上午暖意而祥和的深秋氛围,有点不相融合。

红衣男人耷拉着眼皮,提着保温桶,悻悻然地走了。

"这个家伙一直在追求姐姐,还不停地给涓涓买糖果饼干什么的,说涓涓也是他的女儿,以后要每天来送她上学,可是啊,姐姐一点儿也不喜欢他,不知下了多少次逐客令,他还来。"丽丽眨眨眼,笑着摇摇头,耸耸肩,一副无奈的样子。

其实,紫鑫也挺不喜欢男人来小恩小惠这一套小把戏的,在人们的眼中,北方的女孩子性子刚烈,要强且倔强,和她们和衬的男人,缺少阳刚之气是万万不能的。

可是,同桐毕竟是江南小城,软酥酥的女子,不都愿意让男人哄着吗?何况,明月姐到了这个年龄,依照传统的眼光来看,有人这么钟情于自己,不是得抓住机会吗?

明月在一举手一投足之间带给紫鑫的独特精气神,比如说隐忍、顽强、大度、包容,理解以及秀外慧中的温柔,几乎不属于同桐这个地方,甚至,把她放在任何一个国际化的大都市,她都是一个不逊色的骄子,可是,为什么……

紫鑫暗自思量着心里的疑问,这个背负着大大谜团的女人,也正在一点一点移进自己的视线,这令自己心中不由得生出了一种带着酸甜味道的,喜爱她的情愫来。

旗袍社坐落在南市区一处僻静的院落里,两株胸径足足有40厘米的银杏树笔直地屹立在横着古木牌匾的大门口,树上三三两两的,对季节敏感的叶子开始变得金黄,鸟儿"滴啾啾"的声音此起彼落,蜜蜂和蝴蝶迎面扑来,振振翅膀,又知趣地躲到人的身后去了。

"林帆姨,你今天这么漂亮啊!"一位旗袍佳人站在门口迎接明月三人,张丽丽忍不住赞叹。

"不是说有新朋友来吗?所以就早早来迎接啦!"林帆笑语盈盈。

林帆浑身上下都满蓄了青春女性的韵致，如她的名字般风帆正劲，被张丽丽叫作姨，有点过分了。

"我来介绍一下吧，这是北京来的紫鑫，人家可是英国留学回来的高材生，这是我们的大美人林帆，也是'十大妈妈'里最年轻的妈妈。"张丽丽兴致勃勃地抢夺了本该是马明月姐姐要说的话。

"你好，林女士！抱歉我这次来，没有准备旗袍，就穿了这件准中装来了。"紫鑫和林帆握手的时候，连忙解释，其实，在来的路上，她已经和明月以及张丽丽道过歉了。

紫鑫说的准中装，不过是一条驼色加紫红色的香云纱质料的连身长裙，样式有点改良旗袍的意思罢了。

"林帆姨人小辈分高，最喜欢宽容人啦，不过，我猜想啊，一会儿她可要为你设计旗袍了！"几个人边说边往里走，明月一直微笑，张丽丽一直在喋喋不休，看来，只要丽丽在，明月可以省去不少话语，连她被准男朋友追求，丽丽也要出面干预的呢。

一进门，就是个宽敞的大厅。墙面上是关于旗袍的起源、发展、制作工艺、布料、各个年代的代表作等有关旗袍文化的展示，黑白或彩色的照片装饰在深棕色木质镜框里，几个足足高1.8米的面含春风的PVC服装模特立在地上，高绾发髻，身上穿裹着几个不同年代的旗袍代表作品。

紫鑫是第一次来到这样的场所，第一次感受到弥漫着江南特有的阴柔味道的、浓浓的旗袍文化氛围。

穿过大厅，是一个精致的小院落，古园林的小桥流水、盆景、盆栽等一应俱全，彰显了苏州园林的典雅和扬州园林大气的特质，假山石上流水涓涓，给人若有若无、细细纤纤的感觉。院中的石桌石椅，尺寸硕大，厚实坚毅，这种强弱的搭配非但不让人反感，倒是亮了人的眼睛，颠覆了习惯上的、某种关于比例协调的传统旧念。

院落的两边是活动室，再往里进，就是社员们走秀的地方了。

坐在院落的石凳上，仿佛回到了古代，有一种等着丫鬟来给自己梳妆打扮的感觉。也许，闺房里太闷，也锁不住这大好的秋光，和大自然在一起，让人借着打扮自己的美名，驱赶走心里的幽幽暗暗，倒是一流的美事儿。

这会儿，来旗袍社活动的姐妹们都到齐了，坐在大石凳上等待的人，站起身来，婀婀娜娜地，移着细碎的步子向着两侧走去，活动室里飘过来淡淡的民族音乐声。

紫鑫和明月相视一笑，在这古园林格调包围的空间里喝茶聊天，别有风味，何况，两个人像是约好了似的就留在这美妙的地方了。如果这般有格调的地方，缺少了她们置身此地带来的灵动感，一定会逊色不少。

"这是涓涓写的英语小作文，请你帮着看看还有没有要修改的地方。在同桐，用到英文的概率很小，久而久之，就忘得差不多了，所以，我也再改不了什么了，呵呵！"

"小学六年级就能写这么好的英文了，涓涓真了不起。"

"别夸她了，为了让她有兴趣学习英语，可是费了不少的劲儿呢，孩子没有见过什么世面，要他们喜欢学外语，是件挺难的事儿啊！"

"不瞒你说，我在大学里，英文很棒的，演讲比赛拿过名次，还报名参加过一场很不一般的考试,为的是争取联合国发放的硕士奖学金呢!"

上午的阳光照在明月的身上,使整个人更加敞亮起来,她的话语流淌得自然而明丽,丝毫没有觉得她有什么秘密会藏在身后。

紫鑫的心里暖暖的,她用碳素笔小心圈出了两处涓涓英文作文里要修改的地方,再把一个单词正确的拼写和纠正的一个语法点端端正正写在空处,然后郑重其事地递给了明月。

"孩子的事情,小事情也是大事,这不,也请你在第一时间里帮忙啦!"

"您客气了,本身涓涓就写得不错,还有您的英语一定也很好!"

"捡拾起英语来,也有五年了,不学不行啊,如果有机会去国外,聋子哑巴是绝对不行的,是吧?我的大学同学,多半在国外,还有的精通两三门外语呢!"

紫鑫揣着的疑问开始在心里叠加起来,可是,她尽量保持一个听者的角色,不轻易而随性地开口向明月发问,在她看来,明月的智慧力量开始显现了,她绝非一个普普通通、平平淡淡的女人。其实,她已经被自己在不经意中列为这个国际项目的关键性人物了。

"您打算去国外?"

"是啊,等涓涓再大一点,我的准备再充足一点。我想把旗袍社办到海外去。我发现,不仅仅是华人,越来越多的外国人也很喜欢旗袍文化,这样,我们的会员可以相互交流,同桐的姐妹们也能开开眼界,开阔心胸。"

"真的是一件大好事儿,我的英国朋友和法国朋友中,也有喜欢旗袍的,如果您去她们的国家办旗袍社,别忘了我哟!"

"太好了！紫鑫，我们的梦想里不能没有你啊！"

"一会儿想看看林帆女士设计的旗袍呢！"

"这丫头学东西很快，才入门不久，那股子灵秀劲儿一上来，就让人看出些章法来了！"

"您是说？"

"林帆是我不久前才收的徒弟，蛮有灵气的。"

"您是设计师？"

"是的，我的老本行，当年在上海上大学，学的就是时装设计，那时设计师收入低，尤其在同桐，还不如一个小店的裁缝有优势。为了生存，就开贸易公司做生意，本钱也没有，死磨硬磨，从拿十几件衣服去卖，工厂里给赊账开始做起，就做这么点小生意，被骗的次数多得数不清，差点沦为街边乞丐，吃了很多的亏，后来啊，才慢慢弄懂了生意经……"

明月和风细雨地和紫鑫聊着，一派无忧的坦然，仿佛她经历过的事情只是一个用来说的故事，而不是那自己走过的泥泞路，也不是鞋子上还沾染着泥巴的尴尬。

紫鑫听得入迷，像个小学生似的，认认真真地挺直了腰背，并下意识地从手袋里拿出了笔记本。

"走，我带你去后面的荷花塘看看。"明月站起身来，拉了紫鑫的手，不由分说地迈开了步。

旗袍社后面，隔着一条铺着石子的小路，就是一个不规则的荷花塘。

残败的枯叶中，零星的几朵荷花还风姿绰约地开着，像一双双不染岁月风霜的老者的眼睛,尽管眼睑松弛,眼部的皮肤皱褶丛生,然而,一双双眼睛始终熠熠生辉。只要生命存在,这宝贵的灵魂窗口,是用来傲视世界的。

站立在荷花塘边的两个人,不由得被枯枝败叶废墟里倔强开放的娇嫩花朵所吸引,微风吹拂得她们眯起眼睛,而站立中的仪式感油然而生,只要行注目礼,就是当下对大自然的最好的尊重。

"我的人生也许早就像这荷塘的景致了。"明月感叹道。

"也许,就在几天之前,这里还是繁花似锦呢!"

"是啊,我一次次提醒自己,不能啊,不能,千万不要回到以前,可是,只有自己知道,这有多么地难!"

紫鑫伸出手,无意识而又是下意识地握住了明月的手。

明月把放望远方的目光转向紫鑫,声音轻柔得如微风里的柳丝般荡漾:"我真的好想,好想倾诉!"

"我有两个女儿,一个22岁,叫乐乐,是我亲生的骨肉;一个12岁,叫涓涓,是我从孤儿院领养的。"明月眼睛一酸,哽咽了。

"可是啊,我从来没有过丈夫,孩子从来没有过爸爸……"

明月才说了几句话,紫鑫便不敢正视明月的眼睛,生怕自己不小心干扰了对方的心绪,这悲伤的陈述让她们的心情,自然地变得沉重起来。

"当年,我以全县第一名的成绩考到上海读大学,当时,同桐还只是一个小县城呢。我放弃了去读清华、北大,在我们县里就成头条新闻了,谁也想不通,干吗要去上海学什么时装设计,以后当个裁缝有什么意思呢?人们纷纷传扬着'这个囡囡精神出了问题'的谣言,还神乎其神地说我被什么妖魔鬼怪附了体,搞得家人烦恼极了,我奶奶还到庙里为我求神拜佛,要赶走妖孽呢!我妈上街买菜,也被人指指点点的,好在我的爸爸妈妈都是受过一些教育的人,他们都是小学教师,虽然学识不高,但也明事理,就很支持我去学自己选择的专业。我从小就会钩花、缝针线、打毛衣,对了,还有刺绣,这些活,我干得又快又好,向别人学,几乎是看上几眼就会了,给木偶和假人做件衣服的话,总是很快做好,还会加个边啊,织顶毛线小帽什么的。妈妈的旧毛裤被我拆了无数次,来创作自己的作品,我也用毛线编织过比基尼,当然,小时候并不知道这个名词。爸爸总说妈妈惯着我,把读书的时间都浪费了,可是,我也很会读书,和许多女孩子的情况恰恰相反,越是长大,我的书读得就越好,到了高中,我的成绩可以把一般的女孩子甩出一条街去,把男孩子甩出半条街去,奇怪,只要我心里想着数学,难题就会轻易解开,想着语文,成篇的古文过目不忘。只是,我的那些'女红'的活,给耽搁下来了。那时候爸爸把我的小作坊里摊得到处都是的东西全部收走了,还语重心长地对我说,如果让那些针头线脑的东西成为我考大学的绊脚石的话,他会一辈子都不得安心,这是天理不容……"

明月一口气叙述着,这会儿,她停顿下来,手捂胸口,做了几次深呼吸。

紫鑫在她的语句中想象了一幅又一幅活生生的场景,她的娓娓道来,似一部电影的录音,虽然没有黑白或彩色的画面直接呈现给听者,但想象力中的每一幕,都和你亲密接触,情感交织。

"人是奇怪的动物,极其容易动摇自己的信心,虽然表面上看来,我坚持着去上海读书,可是心里也是有着淡淡的感伤,你想,第一名的成绩啊！不过，那时候见的世面少，觉得时装设计是个很多人没听说过的新名词，新的就是好的呗。"明月的语速很慢很慢。

其实，紫鑫对此也有同感。多数时候，人在少年时，都是让美丽的梦想和美丽的错误所迷惑。

"当然，回过头来看，每个行业都有着自身的特点，不存在我们固执于脑海里的好和坏之说。人之所以在选择上徘徊、沮丧或是纠结，是因为自己不够智慧的原因，包括眼界低、思想力弱，局限本身就是对人最大的束缚。"明月的思想之光在闪耀。

"您的这席话，可不像是一位做妈妈的人说的。"紫鑫忍不住了。

"就像昨天我怎么看你，你都不像是妈妈，对吧？"明月打趣道。看来，她处在思想放松的状态中。

"但您的判断是对的，而我只是有感而发。"紫鑫连忙说。她生怕打扰了明月，让她的思路飞出了原先的轨道。

确实，女人是多变的，而且其多变性是立体的。大海的潮汐，月儿的阴晴圆缺，雨天晴天，都是女人的情绪和想法发生变化的诱导剂和发酵剂。

"在大学里，我真的如鱼得水，特别到了三年级，我们一个班的同学挤在窄窄小小的设计室里的时候，我在大家面前，常常用古诗词轻轻松松就把布料的特点给描绘出来了，这一招，让所有人都瞠目结舌。还有，我没有学过画画，这是我的短板，可是我可以用数学里几何的方法来画设计图，立体得好像图纸都穿上了这件衣服，画配饰的话，我就用钩针或毛线打出样子来，再拓在纸上，啊，真的太好了，我的拓片活灵活现的，老师特别喜欢，好几位教授私下里都来和我说，要我报考他们的研究生，还有可能拿到奖学金，被公派出国学习。还有的老师来找我，要我见见她们的儿子，那意思，明显的就是给她们的儿子做媒嘛，这样的事情，一桩又一桩地发生呢……"明月用双手捋了捋头发，露出爬上了丝丝皱纹的前额，前额上渗着细细密密的汗珠，她连忙拿出绢丝手帕揩了揩。

太阳升上来了，快到一天里最热的时辰了。

"您太了不起了，想不到在同桐能结识像您这样的姐姐。"紫鑫的赞美和感慨发自内心，尽管到目前为止，明月告诉她的过往经历都是可以暴露在光天化日之下的。

紫鑫期望明月慢慢述说自己的故事，这样，她那颗为明月故事里随时可能发生的，坐过山车般的一份揪心的预设，似乎释然了不少。

"你看，远处那个和塔多壮观啊，到现在也是同桐的标志性建筑呢！那个时候，刚回到这座小城，还是同桐县，不是同桐市的时候，做服装生意那会儿，我就在塔楼下面摆地摊。"明月靠在一棵柳树的树干上，右手指向远方。

看来，同桐由县升市，带来了明月期待中的发展机会。

前几天，紫鑫走过和塔，那里有不少卖旅游纪念品的摊点，她在那里买了绢制的扇子，还和卖扇子的老奶奶攀谈良久。

如果明月的故事到这里打住，也没有什么奇怪，经历了一些坎坷，度过了生命里与众不同的童年和青少年时光。下海经商有成，在积累的基础上，目前潜心于旗袍文化。还有中年人的事业规划和更加博大的视野，家庭生活和其人生一样，一天天好起来，坦然面对过去，笑迎未来。

这一切，似乎符合常人意识里的人生发展轨迹，可圈可点之处，也只是记录在自己人生的履历表上，和宇宙里每个来过这人类世界的人士都有着共同和不同的命运罢了。

可是，恰恰是戴上了"十大妈妈"的冠冕，让她与众不同，也成就和注定了紫鑫和她，和她们的缘分，缘分里，包含了要把其故事的内涵深度挖掘出来、表征出来以及要获得女性权益支持的特别使命。

一眨眼，中午饭的时间到了，活动室成了临时餐厅。

来参加活动的姐妹们三三两两，纷纷拿出自己从家里带来的便当盒，凑在一起相互品味，好不惬意和热闹。

紫鑫只是在西饼店里买了三明治和果汁，显然和大家带来的食物大不相同，于是，姐妹们开始和她开起了玩笑，其中一个身着大红色旗袍的姐姐，还把餐盒端到了紫鑫的鼻子底下，让她闻闻蟹籽炒饭香不香？说实在的，刚才她们用微波炉加热饭食的时候，那一阵阵飘过来的香味，已经让紫鑫抵挡不住美食的诱惑了。

林帆靠过来，用撒娇的语气对明月说："一上午都不来指导人家，台步走歪了，拿针线的手抖得厉害，扣子也缝错了位置呢！"

明月模仿她娇滴滴的声音说："就是嘛，那可怎么办嘛！"

林帆微微撇了撇嘴，自己也笑了。

"紫鑫会把我们带到伦敦，带到巴黎去，想想都觉得美滋滋的，你们说是不？"明月不忘调动大家的情绪和积极性。

"太好了！"张丽丽从"埋头苦干"中抬起头来，她从不挑食，不管吃什么,都觉得特别的香,所以,她常常用"埋头苦干"来形容吃东西。

"林帆把她妈妈、她老公的助理都叫来帮忙了,如果出国,我们要有一架包机才够呢!"张丽丽兴奋地说。

"你当是去玩儿啊,得能赚钱才行。"坐在丽丽对面的林帆妈妈连忙表白开了,带着生怕给人添麻烦的语气。

说林帆的妈妈当选"十大妈妈",有人信,说林帆是"十大妈妈"之一,很多人觉得牵强。

直觉吧!

人们总是相信看上去成熟的事物或是事实,紫鑫暗想。

午餐的时光,是一扇屏风,把明月的故事暂时遮掩住了。不知道,当这道屏风被移走的时候,见到的景致还很美丽吗?

阁楼里的秘密、没有爸爸的乐乐、领养的涓涓、为什么从上海回到小城、示爱的红衣男人、"十大妈妈"的盟约和攻守同盟,如果打开这些话题的话,真实而完整的明月是否就是紫鑫所渴求得到的那个示范或榜样?这些人生故事是否就是女性得到更多关注和帮助的基础?

和国际社会里诠释的概念有别的是:中国的妈妈们的内敛特质和她们的忍辱性情一样深埋起来了,如果不被挖掘,一代一代的时光流走,就成了毫无价值的古董。那些反复戕害女性的杀手,不管是心理上的或是实际生活中的,都在光天化日之下逃之夭夭了,这是很可怕和可悲的事情。

科学的进步，改变了人们的生活内涵和生活方式，但是，思想的不进步严重阻碍了社会的进步和发展，所以，紫鑫把这次的访谈看得很重很重。

我们能向国际社会交出什么样的答卷呢？妈妈们又能在这个层面上理解多少？

紫鑫每每想到这些，就深感自己身上的担子不轻。

如果是坐在演播室里做访谈，虽然也能够使"十大妈妈"们的人生浓缩在60分钟的问答里，但是，显然，并不足够。是啊，没有烤熟的饼干，勉强可以充饥，但是毕竟是不合格的产品。

秋日的午后，是换季时节对上一个夏天的最好的记忆和延续，日子再往下走，当秋霜点染大地之时，炽热的气息就消失殆尽了，无处寻觅了。所以，此时，炎热犹在，开怀美丽的夏天犹在。

"在这么明媚的时光里谈些悲悲戚戚的事情，感觉不合时宜啊！"

"明月姐的意思是？"

"我们把窗帘拉上，慢慢说吧！"

明月的办公室正对着那方小园林，门窗都是大大的尺寸，是为了观赏外面的美景而做了改动的，当门和窗一齐打开之时，仿古园林的侧面景观就一览无余了。

拉上了酒红色天鹅绒的窗帘，仿佛到了黄昏的时候了。

"请你喝普洱茶吧，这幼嫩的银芽很养眼，入水后，很生动，味道是淡了些，但是回味无穷。"明月很善茶道。这个时候，如果有茶乐飘来，曼妙的音乐和她身上的这身宝蓝色旗袍相得益彰，她再用纤纤的手指像是抚弄琴弦般闻香沏茶,能不醉了自己,醉了紫鑫,醉了这方寸里的天和地?

"但愿这是最后一次回首往事,呵呵,我每次都这么想,今天可是第一次有勇气说出来。"

谢谢您信任我。紫鑫把想说的这句话咽了回去,她得提醒自己做好倾听者的角色。

"大学四年级,马上就要进入毕业设计阶段了。教授们抢着要做我的毕业论文指导教师,同学们都很羡慕我,我也是信心满满的。可是,可是,啊,天黑了,我的天塌了!"

紫鑫还没有反应过来,明月便号啕大哭起来。

措手不及的紫鑫赶忙一只手搂住她的肩膀,一只手轻拍她的后背。

过了一会儿,明月的呼吸逐渐平缓下来,嘤嘤的哭泣声代替了惊天动地的、夹杂着绝望情绪的大哭。

紫鑫的脑海里一片空白。

"一天晚上,我们三个女生从设计室出来,一边数着天上的星星,一边往宿舍楼走。大家正嘻嘻哈哈说笑的时候,突然从黑暗中窜出几个人来,瞬时间就把我们给冲散了,然后就有三个人把我拖到了小路旁边的小树林里,扒光了我的衣服,把我按倒在地上,先是拿刀子在我眼前挥舞着恐吓我,然后就说他们只是想和我玩玩的,让我最好是乖一点顺从他们,还说这事很好玩儿,你不要怕。后来,我死命要挣脱并喊救命,可嘴巴被毛巾堵住,手被按住,什么也做不了,那个时候快夜里12点了，四周围看不到一个人影……

"我被他们强奸了，而且是轮奸。"

明月握住紫鑫的手，握得紧紧的，仿佛当时有这样的一双手可以被握住的话，一切丑恶的事情就都不会发生。

"那晚，我变成了一个傻子，在小树林里呆呆地看着天空，快天亮时，从疲累的、思维含糊不清的囫囵假寐中醒来，发现自己已经动弹不得，差一点儿就被初冬的寒霜冻死了。"

喝了三杯茶的工夫，房间里的空气越来越凝重。

"我们三人里有一位北方的女同学，她人高马大、身体强壮，我们称她是秧田里的一株壮苗，那天她正好来月经，滴淌得江河澎湃，这正好救了她，他们没办法强奸她，把她和一棵碗口粗的香樟树捆绑在一起，流氓们后来把她给忘了，就逃之夭夭了。她自己想办法松了绑带，就去报案了，学校才来人救了我们。我躺在地上，一摊血淌在地上，处女膜破了，流了不少血，另一个女生还被绑在树干上，全身赤裸……"

当时，这是一起惊动了学界的校园强奸案，后来，紫鑫查阅到了这段历史，知道案子没破，最最让人费解的是，随着时间的一天天过去，案子竟然不了了之了。

明月在讲述中，对她的同学的称谓是她，或是北方女同学，没有提及真实的名字，可见她的良苦用心。

是晚，学校的保安都到哪里去了？为什么案子破不了，还没有了下文呢？

紫鑫抱不平，正义的潮水一旦在心中翻涌，人就会冲动，而且不顾后果。

确实这样，后来，赤身裸体绑在树干上的那位女生跳黄浦江了。她再也没有力气去追究、讨伐和惩罚犯人了。

流氓们把她当马骑着，一边凌辱她，一边还要她含着丑陋不堪的阳具，她狠狠地咬下去，要把那孽根除掉，他们就把她绑到树干上，再次欺凌。

她们在派出所一次次重复案情、指正凶犯。难以启齿的情节，每讲述一次，就像是整个人被蛇蝎纠缠住一样，让人难以喘息，心灵再无辜地受到多一次的创伤。但是，但是案子始终就是破不了。

"可以拉开窗帘吗？"紫鑫小心地问，她要为明月和自己散发心里的憋闷气。

"等等吧！"明月怅然若失的眼神，掠过紫鑫的面颊。

倾诉的快感，竟然绊住了时光，这时候，时间完全不存在了，但故事内容的沉重和苦涩，又把人一次又一次拽回到眼前的现实里来。

如果明月的故事发生在当下，结局是不是会有变化？起码对人权的保护是用什么方式，哪条法律？

为什么偏偏是在那个节骨眼，要毕业的当儿发生这件事？这个案件纯粹是流氓行为，还是有着更深的背景、更黑暗的阴谋？

"毕业设计无法做下去了，可是，仁慈的学校考查了我平时的成绩，寄了学位和学历证书到我家，还有一封信，说我可以在任何方便的时候补交毕业论文。可是，校方并不知道，我根本没有回家。我在上海找了个开在里弄里的裁缝店打工，勉强能吃饱饭，有个行军床可以睡觉，每天早上，要为店主一家倒马桶，刷马桶。尽管我心里的阴影很重，常常在夜里吓得尖叫，一身冷汗，见到任何有一片杂木的小树林的地方就会触景生情，发呆，恐惧，可是，我还以为过一段时间，就可以到学校分配我的单位上班呢！怎么样我都是一个受害者，学校会关心我，总得有个说法。"明月的天性里的善良和那个时代的特质，本来是相互和谐的，但是命运往往会捉弄一个除了善良，就无法用其他手段保护自己的人。

没有真正接触过社会，走上从学校到学校道路的一个小城姑娘，世事的炎凉、沧桑和变幻，仅仅用她天性里的聪明和年轻人头脑里的学识，是无法应对的。

"后来，学校的毕业分配通知书迟迟不来，就在这个时候，我发现自己越来越感到疲倦，才干了一点点的活，就顶不住了，用掐大腿，凉水毛巾贴在额头上的办法来让自己清醒，还在太阳穴上涂抹厚厚的清凉油，辣得睁不开眼睛，争着抢着去给街坊送补好的衣衫，新缝好的衣服裤子。"明月一边喝茶一边说话，拿茶杯的手在微微颤抖着。

紫鑫的手也在发颤，是明月传递过来的信息在共鸣吧！

她平心静气、专注地听着，唯恐放走了任何一段故事。

"我发现自己怀孕并确认了的时候，孩子已经快七个月了。肚子里的孩子每分每秒都在生长，怎么办？怎么办？去死，一起死，这是当初唯一的念头，想想好可怕，强奸我的罪犯是孩子的爸爸，我是孩子的妈妈，我不知道他是谁，找到他了，也得打死他，我和罪犯的孩子一家亲……"明月的心就要跳出胸膛，紫鑫轻轻依偎在她的身旁，把她的手放在自己的手心里，像个懂事的孩子依恋着慈母般，让明月的情绪不至于如台风光顾，风急雨骤。

"我想在死前和父母亲做最后的告别，于是，我回到了家乡。看着我的小屋子原封不动地保持着我小时候的样子，就连我喜欢的针头线脑的东西我爸也拿出来摆在我的桌子上了，他原先是恨不得要把它们烧了的。爸爸妈妈做了整桌的菜，我们家过春节也没有这么隆重，他们对我遭遇的不幸了如指掌，却是缄默不语，好像什么也没有发生过，连我拖着笨拙的身体，脸上长着蝴蝶斑的难看样子，他们也是视而不见，他们说的每一句话语都暖在我的心上。说实在的，我的心被骨肉情和亲情一点一点温暖和融化，我觉得就这样结束生命，无法报答他们的养育之恩，我会带着罪恶离开这个世界，到了地狱里，会照样接受严酷惩罚的。"明月的命运之舟，在紫鑫的心池里摇荡着，现在，小舟的划桨人是她和明月姐两个人。

站立在明月姐的青春悲剧人生的这一面镜子面前，紫鑫的眼里噙满了泪水。

镜子里放射出作为同性来说，从前不曾对女界有过的费心关注，在这一刻，凝聚在这个事件上，让她在感怀之余，慈悲的情怀油然而生，让自己在这场心理战中为女性的呐喊声，也越来越激越昂扬。

记得一位资深的电视台主持人告诉过她，你要抓住采访对象的情绪。但是，记住，你不是这个故事里的任何角色，要站在公立的位置上去和你的采访对象交流，不能陷进去。

那么，访谈人和被访谈人是一种什么关系呢？你只是对方的一台录音机或是一支做记录的墨水笔吗？预设的那些提问除了大众关心的之外，还有其他的什么东西吗？

后来，明月生下了乐乐，一个健康漂亮的女孩，哭声特别嘹亮，脸上的表情总是一副不屈服的样子。

乐乐三个月的时候,她决定把孩子送人,送给一家想要孩子,而又不能生育的本分家庭去抚养,让孩子能有一个完整的家。

后来上海的一户在造船厂工作的双职工家庭收养了乐乐。一切看似很顺利。

起初,明月的心空荡荡的,深深的罪恶感盘旋在她的周围,动辄就让她失魂。

好多次好多次,她都想跑去要回孩子,可是,每动念一回,心就破碎一百回。

两年后,明月告别了里弄的那间裁缝铺,回到了刚刚县改市的同桐。

后来,就有了她摆地摊、开创服装贸易企业的故事。

三年前,19岁的女儿出其不意地被养父母领来找她,他们考虑到孩子已经成人,该让她面对自己的生母。

可是,事情的发展也是颇为耐人寻味的。

乐乐死活都不认明月这个妈妈,说她当初抛弃她的罪恶是不能被原谅的,她一辈子都不会认这个妈妈,在这个世界上,她只有一个妈妈,就是养母。

乐乐还谴责抛弃私生子是不道德行为,一个自私的女人是不配做母亲的等等。

"不管当时发生了怎样的事情,总之,只是图自己一时的快乐,不对孩子担负任何责任的母亲,永远不配做母亲。"乐乐当着养父母和亲生母亲的面,丝毫没有被她们传递给她的爱之情感而动容,倒是像站在法庭上的一位法官，以正义的立场，表达自己的观点。

明月在乐乐面前，像极了一个罪孽在身的人，一直在试图逃过通缉者的眼睛，而刚刚被捕捉到似的，她无言以辩，默默而沉重地低下了头。

又一次的打击横亘在她的面前，她原本希望自己可以玉树临风、枝繁叶茂，敌得过不测风云，可是，乐乐轻轻松松便将这株大树连根拔起。

她生病了，莫名其妙地感到周身疼痛，到医院做了全面的检查，什么毛病也没有查出来，其实，心理上的折磨更容易置人于死地。

有一天，她开始嫌弃镜子里那个目光呆滞、神情沮丧而又初现老态龙钟样子的自己。

这么大的灾难都挺过来了，你还要怎样？回到从前吗？

她真的很喜欢少女时代的自己，每天嘴角上扬的模样，清晨的风一吹到脸上，老师淡淡地表扬几句，心里都会灌满了蜂蜜般的香甜滋味，就算是下雨天也会哼着歌，淋着雨豪迈地走在大街上，满不在乎一会儿会发生什么事情，未来会怎样这些杞人忧天的问题。下一刻和未来本来就是未知的，只有未知，才让人充满好奇去追寻和探索！

于是，她在痛苦和痛苦叠加，灾难和灾难重现后，升华了。

"来为乐乐的行为寻找一个理由吧！"终于，她对自己说。

明月拿出了一封写在日记本上的给乐乐的信给紫鑫看。

亲爱的乐乐：

作为你的亲生母亲，从来没有听过你喊一声妈妈，是很让我痛苦的一个事实。不错，我从小把你送给了别的人家抚养，这是一种遗弃，个中的缘由不是轻易就能让你明了的，请你相信，没有一个母亲会无缘无故将亲生骨肉随意弃之，这是灭绝人性的做法，也是会受到终身谴责的。

我现在没有权力要求你认我这个母亲，是你善良的养母已经到了癌症晚期，在你已经成人的情况下，才动了恻隐之心，她怜惜你未来缺少母爱，才这样做的。

我想改变目前这个事实，就是回到二十年前，我紧紧拥抱你，抚育你。但是覆水难收，我想纠错的愿望毫无意义。

你对我的谴责我照单全收，尽管周围的人都说你不应该如此心胸狭窄、不识道理。

我伤心的泪水流了一年，忧郁症差一点夺去我的生命。

现在，我终于明白，你是一个好孩子，你在尊重自己的内心，不让别人左右了自己发自内心的声音。

只有你自己的心灵和直觉才知道，才能倾听到你自己真实的想法，这是属于你的生活权利！

所以，我尊重你的想法、内心的想法。

就此，我也尊重我自己的想法，领养了一个女孩，我也会让这个小女孩也尊重她自己的内心，同时，我会让我周围的妈妈们也这样做。

收养你的妹妹涓涓，还得到了来自你的丽丽姨妈等家人的亲情，她是涓涓的亲姨妈。现在，我们亲如一家。

乐乐，谢谢你给我的启发。

我被选为"十大妈妈"了,这是一个意外的惊喜,这其中也有你的功劳,感谢你!当然,在说这一声"感谢"的时候,我又一次忍不住泪如泉涌。

请求你不要再问我你的亲生爸爸是谁,因为这连我自己也不知道。

祝你一切好!

马明月于同桐

纸页上,有个别字迹被水浸过的痕迹,是窗外飘过来的毛毛雨,恰好落在这里,还是明月的泪滴?

太阳西下了,没有人来打扰明月和紫鑫。

紫鑫感觉这间小屋子变成了明月家的阁楼,她似乎看见乐乐正爬上去,和自己一样,以打坐的姿势坐着,瞪大了眼睛四望,喘着粗气,胸口起伏……

苦难基于树,它会扎根于大地上,让其渐渐四散,自然的机理中,包含着博大。苦难基于高山,它摧毁不了它的屹立和傲慢,便消融,便远走。苦难基于明月,它会如影随形,被遗弃被重拾,她逆风飞扬的心,在广袤的天际遨游,又拴上了一条叫作传统的丝线,命运的手带着慈悲和她自己的挣扎,塑造她。

人们看到的是明月作为企业家的成功,作为领养人的爱心,作为旗袍社创始人给小城带来的鲜活和某种文化力量。当然,"十大妈妈"的攻守同盟,当时,也是明月主导的。

"马明月是'十大妈妈'里最棒的一个!"这是紫鑫听到的最普遍的一句话。

四、迎风独立,扬帆远航

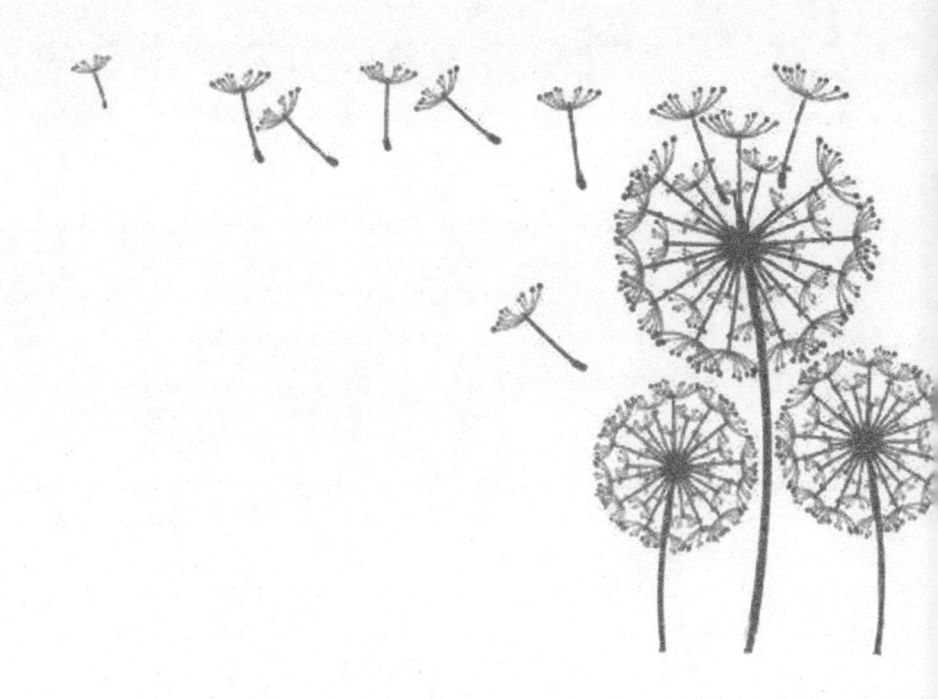

当紫鑫第一次跨进林帆家大铁门的时候，一只乖乖巧巧但却是胖胖乎乎的白猫，就殷勤地跑过来蹭她的裤脚了。

惹人怜爱的猫咪，一开始就为主人家的欢迎词添加了暖暖的成分，这让紫鑫紧张着的一颗心放松了不少。

林帆家住在南市区的一幢别墅里，前花园呈椭圆形，虽然面积不大，但属于精心设计的一类。一株榆树和一株红枫已近中年，枝繁叶茂，一看就知道是大树移栽到这年轻的别墅院子里来的。一个塔形的欧式喷水池立在树影中，两边站着的带翅膀的小天使，正在用他们的小神器喷着水，塔顶部流淌下围绕圆柱的厚厚一层瀑布，"滋滋滋""哗哗哗"的潺潺流水声，使人有置身于山涧林中的感觉，一时间，润湿和清新的感觉也扑面而来了。

别墅后院是一条长方形的窄窄的地块，只简简单单地种植了一种名叫马蹄筋的绿色小草，地毯似的草坪，供孩子们玩耍。

用林帆自己的话来说,这里可是费尽心力才挑到的风水宝地呢!后院大了,就会起火,而这个后院的方寸,合适着呢,人们常说,不控制后院的女人可是十足的傻大姐啊!

你懂的!

紫鑫一路被猫咪引领着,进到客厅里。

还没等在沙发上坐下,就瞥见客厅右手边的偏厅里,有三个孩子正端坐在一张大桌子边上写写画画。

反应灵敏的林帆连忙把紫鑫引到了桌子边。

"呵呵,这是我们家的老大、老二和老三。"林帆欢快的语调,扬起的眉毛,笑成一条缝的眼睛,都让人心里感觉暖洋洋的。

"阿姨好,阿姨好!"听到妈妈的声音,三个男孩子赶忙抬起头来问候紫鑫,最小的男孩子约莫五六岁的样子,一连说了三声阿姨好,还向紫鑫笑着挥挥手。

三个孩子的家庭,有三个孩子的妈妈,在21世纪前二十年的中国,可谓稀罕事儿。

紫鑫无法事前就自己访谈的对象做自己想要做到的仔细研究,公开的数据和资料少之又少,不,几乎都不入她的法眼。国际基金会的态度又是诚恳而认真的,所以,紫鑫的剥茧抽丝以及拨开迷雾似的工作方法,也包括她不时的惊叹,悲伤沮丧的情感,喜出望外的雀跃等等,当下,以实际的情况来看,这一切都是恰如其分的。

"要喊姐姐,不能喊阿姨,记住啦,这位姐姐是从大北京来的,还是在英国留过洋的呢!"林帆把北京称作大北京,令紫鑫莞尔。

孩子们露出好奇和羡慕的表情,瞪瞪眼睛,努努嘴。

"一会儿你们休息的时候,姐姐给你们讲讲外国的故事,好不好?"林帆越俎代庖地说着,而紫鑫只是以微笑的方式,回敬孩子们的好奇。

"好啊好啊!"三个虎孩子几乎是齐声说道。

紫鑫估计他们快要坐不住了。

林帆竟然把紫鑫领进了她和丈夫的卧室。

当然,这里说话方便。

说是卧室,倒是像酒店里的商务套房。

她们一起坐在接待间紫红色的沙发上,喝着咖啡。

咖啡是保姆调制的,不像是用速溶的粉末冲出来的,但也不是现时用咖啡豆磨出来的,大概是用咖啡粉蒸馏出来的,可惜,放了太多的糖。

"坦白和你说吧,我家的老大和老二分别是我的第一任和第二任丈夫的孩子,我生了我们家的老三。"林帆语气缓缓地说着,随即不自觉地,从茶几上精致的烫金金属烟盒里拿出一支烟来,看了看紫鑫,顿觉不好意思,又放了回去。

"我这么说也许你听不明白,老大是我第一任丈夫和他原配的孩子,当时他离婚的时候,原配不肯离,条件是他得带着孩子。老二呢,他爸爸是我的第二任丈夫,孩子也是他和原配生的,我和他结婚的时候,孩子的妈妈已经出车祸死了。老三是我和现在的丈夫生的。"

怎么看林帆,都是处于少女和少妇中间的年龄,也看不出有什么生活的磨难。她明眸皓齿,皮肤白皙,身段姣好,声音清脆可人,还一派小鸟依人的姿态;同时写得一手好书法,弹得一手好琵琶,这个美人的柔软和风雅韵致，会获得无数男士的一见钟情和喜爱。

那些个荷尔蒙在身体里上蹿下跳，正值壮年期的男人，哪个敌得过如林帆这般妩媚和风情万种！

"老大和我相处得很好，叫我妈妈，我和他爸爸结婚的时候，他还来当我们婚礼的花童。孩子和我一样，对他爸爸喜欢打麻将、深夜不回很反感，后来，我们离婚了。这个小家伙一回到他妈妈那里，就被他妈妈往死里打了一顿，后来就天天骂他打他，还用各种各样的惩罚术，让孩子说自己是个小罪人等等。有一天，8岁的他就跑回来我这里，先是抱住我的大腿不放，后来就死劲搂住我，说是我赶他他也不走了，也不要去找他的爸爸和妈妈，我才是他的妈妈，要和我在一起，我如果不要他，他就去跳楼了，我不供他上学他也跟着我……我们两个抱头痛哭了一场……"

紫鑫的脑海里浮现出一幅图画：

孩子的妈妈和舅舅时不时就来威胁林帆，要她交出孩子，可是大人根本不需要做什么所谓的要把他给藏起来的事儿，是孩子自己宁愿死也不愿意回到亲生母亲那里生活。直到有一天，可怜的母亲知道，自己怎么做都是枉然，也就泄了气……

"我将来会是个怎样的妈妈呢？前提是我会选择做妈妈吗？"紫鑫开了小差，暗暗自问并思考着：许许多多的女性糊里糊涂就去结婚，草草率率就当了妈妈，她们为什么从来没有深思过为什么结婚，为什么当妈妈的问题呢？

这时，保姆又端上来两杯咖啡，林帆连忙说她自己只喝刚才那一杯，她的这杯留给先生喝，否则到时候会睡不着觉，晚上就当是白天了。

对于紫鑫来说,咖啡已经陪伴了她很多孤独的日夜,在英国的日子里,尤其是考试和交论文的前夕,通宵苦读的日子并不在少数,那时,咖啡自然成了自己忠实的伴侣。

"我去找个披肩给你,马上要下雨的样子,天阴了,就凉了!"林帆说着,就下楼去了。

紫鑫这才觉得天色暗下来了,深秋的雨,在江南也是很金贵的,林帆家院子里的落叶乔木,受了这雨的滋润,即便马上落下叶子来,也会减少断臂般的痛苦吧!

这个看似娇娇俏俏的女人,没有弯弯绕的心计,坦率得让人唏嘘,她承受了生活中本该避让开的一个个难题,但是,于她而言,好像数学家解开数学难题般,面对其挑战是一种乐而为之的事情。

在她年轻的身躯里,从何而来的勇气和力量呢?

"生我儿子的时候,羊水破了许久,就是无法自然生产,我就乖乖躺在医院的床上,足足两天,一动不动,后来才知道,这是一件好危险的事情,说不定,我会为了生这个孩子而送命,我真的是福大命大。不过,那时候,我想了很多很多的事情,主要是做人的道理、做母亲的道理、生活的道理。还有,我丈夫陪在我的身边,陪着我生产,我想,这个男人将来不会和我离婚的,因为他看见了新生命的诞生,更加懂得了女人。"

林帆的语气,像是一位祖母把自己的故事和风细雨般告诉她的孙女,而孙女正在为她写着回忆录似的。

"噢,对了,我们家老二和哥哥的感情特别好,我见过许多亲生的兄弟都不及他们俩手足情深,所以,他义无反顾选择留下来,不愿意和他爸爸走，他爸爸说他自己一个大男人，也没有办法照顾他。再说，我们是和平分手，协议离婚，他知道我会善待这个孩子，本来孩子就没有了妈妈，怪可怜的，我也舍不得离开。当然，我和他相处得也很好，他比哥哥内向些，但做事有定力，有坚持心，学习很努力。"林帆一五一十地向紫鑫陈述着，直白的话语，很中听。

紫鑫感觉自己正站在一片开阔的草地上，眺望着远方，而林帆的话语中，带着青草的味道。

但是，紫鑫始终没有问林帆，她为什么会和她的第二任丈夫离婚？

"其实，我现在的丈夫比我小两岁，我们恋爱的时候，谁都不看好，尤其是我的家人，他们说你林帆再有资本也是个女人，得尊重现实社会的规律，莫非你想受第三遍苦，受第三茬罪？虽然你没有生过孩子，可你也是两个孩子的妈妈了，他是个童男子，能受得了你吗？他不对着你砸鸡蛋就算你幸运了，他愿意了，他家里人也会来找你麻烦的。再说，你知道的，男人们总要面子，也总是想着自己做家中老大，如果年龄比女方小，恐怕就连惜香怜玉也会不好意思吧……可是，他不，一点都不！"林帆不无骄傲地，边说边拿起沙发边小茶几上的一枚相框，递给紫鑫看。

相框里的男人是林帆眼中的喜悦，口中的宝贝，一个意气风发的青年，带着一抹调皮的笑，那双和善的眼睛正望着紫鑫。

他是本该让林帆第一个去恋爱的人，可是，世界上的无数个"本该"都被无数的"偶然性"给抛弃了。

要是在北京，在伦敦，在巴黎，在东京，这个"本该"会存在吗?

"我以为我告诉他在我身上曾经发生过的所有事情的时候,他就会扬长而去了,留下一个狠毒的背影让我凝视和羡慕。在此之前,我做好了充分的思想准备,我的闺蜜甚至对我千叮咛万嘱咐,说你真的没有必要对他说你全部的故事,有的事情只是属于你一个人的秘密,起码得看看他的反应再往下说吧!唉,我被大家的言论簇拥着,关心着,打压着,毫无疑问,和他谈恋爱简直就是一场冒险,像是电影里的故事一样。"

林帆长长地舒了一口气,她的情绪,还待在起初与她的他谈恋爱时候的,那个别样的氛围里。

亲友们,所有关心林帆的人,有没有问过她是否喜欢他,爱他。如果大家只是流于传统意思上的关怀和给予忠告,实际上对当事人来说,是残忍的。

林帆其实很累。她和几乎所有的适龄婚嫁的女性一样,得到了许许多多人的所谓"经验性"的关注,背负着感激的情感债务,而自己恰恰最最需要被对方认同的人生价值观,对家庭生活的理解等等,便老老实实、规规矩矩地从舞台中央的地位被贬到了观众席的位置上。

传统意识的力量何等强大,往往不知不觉就把你给淹没在老旧思想的汪洋里了。

回国的时间不长,紫鑫时常要在这些问题上有意识地增加自己的免疫力,告诫自己,保持思想上的警醒,否则,受到旧观念的侵蚀是自然不过的事情。

如果当时的林帆退缩了,她会有今天的幸福吗?

别墅大门的门铃声清脆地传到了二楼上,林帆起身望向窗外:"是林威回来了,你先坐坐,我去迎他,一会儿就回来。"

不等紫鑫回答,她急匆匆下楼去了。

紫鑫站起来。从起居室的落地窗看出去,花园的景致一览无遗,三个男孩子,一个女人,都跑去迎接林威了,黄昏的小雨中,他们纷纷拥抱和牵手,行使着这个家庭对于男主人特有的迎接礼。

看上去,大儿子快和大男人一样高了,小儿子则伸开双手,要爸爸抱起来的样子,二儿子和妈妈接过林威手上的文件包和杂物袋,保姆在锁大门,好一幅温馨的人间暖意图,看着看着,紫鑫的眼睛湿润了。

林威以为明月也来了,一进家门便左右四望,似在找寻她的样子,倒是没有发现紫鑫,看得林帆忍俊不禁。

"今天家里有贵客,我招呼她下来和你认识一下吧!"林帆笑吟吟地对丈夫说。

这么眼熟的林威,像是在哪里见过面。紫鑫怀疑着又相信着自己的眼睛。

三个人坐在客厅里聊上了,孩子们也跑去花园里玩儿了。

"明月姐没有来吗?"林威问,他似乎还不甘心。

"可是明月姐介绍的朋友来了啊!"林帆打趣道,语气十分轻松。

"我还想和她谈谈在海外开设旗袍社的事儿呢!"林威低声咕噜了一句。

"我老公啊,事业心特别强,只要有商业机会,那可是丝毫不放过的,你看,才把旗袍社的消息告诉他,就要和明月姐见面聊了。可也是,这么大一个家,我只能撑起三分之一,余下的,就全靠他了。"林帆表扬起丈夫来,眉飞色舞的。

"不瞒你们说,只要一听到去国外发展,我就特别地感兴趣,我们服装厂的业务虽然说不错,但是低端产品居多,如果不先人一步走出去,将来等人人都看到这个机会了,也就意味着错过机会了。"林威三句话不离开本行,对这个重于事业的男子的表白,紫鑫颇有感触。

"我没有想到,林帆和小姐妹们做的一件手工旗袍,销到海外去,利润相当于我们工厂加工三千件的T恤衫呐。"林威的语气颇为激动,他在为妻子自豪。

"那叫手工高级定制。"林帆也来劲儿了,低眉含笑地说,像是说给丈夫听的,也像是说给紫鑫和自己听的。

"你是留洋回来的,英国也有市场需求的,我们以后一起做海外旗袍社,好吗?"林帆诚恳地对紫鑫说,看来,她也是一位商业达人。

"你是在英国留学的?在伦敦吗?太好了,我舅舅就是那里的华商领袖,他一直鼓励我们去海外发展。从我小时候起,就听他的打拼故事了,只是因为我妈妈的身体不好,我得留下来和她分担照顾家庭的担子,妈妈也怕给我舅舅添麻烦,就这样,舅舅多次邀请和努力,还为我办好过签证,订好过机票,可是我这个不争气的外甥也没能远渡重洋,这很是令他失望。要不,说不定,我也是世界名校的学生,很争气的华侨呢!"林威带着一种混杂着无奈但又是轻松的语气,缓缓地说。

紫鑫被这一段吴侬软语打动，而且觉得江南的男士们的腔调里，也有足足的阳刚之气，并不是人们普遍认为的那样，娘娘腔得让人受不了。

对了，语言的软硬感觉在于你说些什么，它跟随着内容而行走，而不是整齐划一地就是你脑海里已经定格了的感觉。

有一瞬间，紫鑫对林威的表述，颇有共鸣。

可是，这个看上去长着一副娃娃脸的男人，却有着如此大的包容心以及爱心，毕竟，他第一次踏入婚姻的殿堂，就是林帆的第三任丈夫，这个妻子还比自己年龄大，在他自己的孩子还没有出生之前，他就是两个孩子的爸爸，而这两个孩子都不是他的新娘的亲生骨肉。

传统的观念和习俗，看似在这个时代里被削弱，被淡化，被改变，被赋予了新的内涵，甚至于被打破，被颠覆。但是，一旦在现实社会里的现实生活中，天生存在于男人们心里的一个个魔爪又会不动声色地伸出来，把自己抓得头破血流，还会伤了自己的心。

周遭不理解的眼光，可能来自你最尊敬的人。

话里有话，话中带刺，这些最不解风情的说辞，可能来自你预想不到的，自己依然喜欢着的亲朋们。

吃团圆饭或是赏月，每一个节庆的场景，你都会被提醒着由于你不幸的选择带来的现在和过去的痛苦，尽管这些个不幸和痛苦，是被陈旧的眼光和迂腐的思想强加出来的。

没有人能相信你能够抵御得了传统文化定义之外的任何的侵略。

不明就里的人们，也会出于好心，告诫你不能拿传宗接代当儿戏，还有选择处女作为结婚的对象才是男人一生的要务。

这个林威，他究竟是怎么想的，而且还做得这等漂亮。

他是不是也可以被称为英雄呢？

紫鑫为自己"心怀叵测"的想法而略显不安，她可是来采访"十大妈妈"之一的林帆的。

可是这个男人毕竟影响了她，深深地。

如果没有这个男人，林帆还是这个林帆吗？

她何以遇到这么个超凡脱俗的男人？而且是在这么个江南小城！

这种不合情理和反传统的举动，看来又没有被掺杂进任何世俗里的权势或是利益的交换成分，可是，他竟然做到了，她竟然接受了。

这处幽静的别墅，是他们租来居住的，据说是丈夫林威支付其中三分之二的租金，而妻子林帆支付三分之一的租金，所以她常常打趣说，自己只支撑起了三分之一的家。

"我舅舅叫张显龙，是个成功的企业家和旅居英伦的华侨领袖，说实话，我们相隔十万八千里，但是他却对我的影响十分地大，我和林帆结婚的事情，如果没有他的支持，一定是不可能的。当然，还有明月姐，她是我们特聘的时装设计师，得知我和林帆谈恋爱，也是支持的，她就像家里的大姐姐一样，要我们思考清楚一些事情，讲得十分贴切，都是我们日常要面对的问题。还有她的一个观点，让我十分感动，就是她说林帆要和我一起承担起养家和经营这个家的责任，包括道德道义和经济方面。从她那里，我第一次听说经营家庭的概念，向她请教了好几次，我觉得她比家庭问题专家更加内行，比家里任何一个人更加理解我们……"

林威也不拿紫鑫当外人了，他欣然面对着眼前的这两位女士，娓娓道来。

张显龙的名字和林威的面孔,都让紫鑫同样有似曾相识的感觉,但是,她一时间也捉摸不定这种感觉到底从何而来?

"你们常常和家人在一起吗?"紫鑫问。其实她的言下之意是想知道家人们对他们两人的结婚的态度。

"刚结婚那会儿,家人们基本不看好我们,在观望我们,我妈甚至说我是被林帆的妖媚所蛊惑,我是在做一场梦。不过,她很乐观地估计我很快会从噩梦里走出来,和林帆分手,她似乎特别了解自己的儿子。"林威笑着说,同时,有一抹孩子的憨厚又纯真的表情从脸颊上泛溢出来。

他往两位女士的杯子里加了茶水,上好的红茶在白色骨瓷的杯子里荡漾着它的香醇和金色的光泽。

紫鑫看见,他们的经历之舟和对生活的思索之海正在迎来新一轮的黎明曙光,年轻的他们,是航行的舵手,也是这艘船本身和船只依赖着的大海。

"开饭了,开饭了!"听到保姆阿姨清脆的声音,三人这才发现,天都快黑了。

保姆是个知趣的中年妇女,看他们聊得火热,就把孩子们照管得好好的,让他们先吃些水果,在花园的单双杠上做些运动,有意拖后了开饭的时间。

"忘了拿我们创作的新款改良旗袍给你看了,一会儿吃完晚饭,就请你试穿。"林帆用了"创作"二字来介绍新款旗袍,这让善于在言辞中判断和撷取信息的紫鑫,又高看了林帆。

不由分说,来不及客套的推辞,紫鑫就和这家人一起上了桌。

孩子们争先恐后地帮着保姆阿姨盛饭,递过餐巾纸给每一个人,老大还冲着保姆阿姨说她又忘了拿骨碟来,就自个儿跑到厨房里去拿了。老二微微撅了撅嘴,似乎有点小小的不悦,毕竟在客人的面前,被细心的哥哥抢了风头,他知道,一会儿,妈妈一定会表扬哥哥的。

"阿姨答应你们,要讲在英国的故事给你们听的,一会儿谁来帮助我把电脑打开,再把阿姨拍的照片给找出来?"紫鑫柔柔轻轻的声音刚落下,只见老二和老三同时举起了右手。

"妈妈说,要叫姐姐的。"老大不紧不慢地来了这么一句,林帆和紫鑫相视一笑。

如果不是身临其境,单单从表面上看,你是不会相信这个家庭和其他千千万万个普普通通家庭之间有什么特别的不同,只是这家的妈妈和爸爸看上去都太过年轻而已。

三个孩子的父母亲,尤其是寻常百姓家的母亲,如果不是岁月的沧桑和疲惫,约定俗成般要刻在脸上,刻在表情里,很难让人相信和理解她就是母亲。

血脉,姻亲,孩子等,像是千丝万缕的热带雨林中的藤蔓,纵横交错,缠绕不息,相伴相生,竞和又竞争,想想都是让人累心的事情。

紫鑫在主人二楼的起居室里试穿旗袍,尽管自己对于这种大多数女性都热衷的传统服装并不怎么熟悉,但喜洋洋的林帆俨然把她当成了其手中的模特,不厌其烦地不停摆弄着,包括她为紫鑫绾发髻,戴上晶晶亮亮的发簪子。

稍事休息的当儿，紫鑫瞥见沙发另一边的角几上，摆有一张两个男人的合影照片，照片下面有一行小小的黑字，上面写着："大英华商会主席张显龙先生捐赠剑桥大学传媒学院中文书籍一万册仪式，特与院长罗伯特教授合影留念。"

紫鑫幡然反应过来，自己在图书馆里翻阅过张显龙先生捐赠的中文书，而在中文书区域的指示牌下面，一张易拉宝的立式宣传画上，印着的正是这张照片。

林威像极了他的舅舅。

世界上发生的奇妙事情，每每让人惊叹不已，在暗自唏嘘和不胜感慨间，紫鑫不由得为此事的偶然和必然，倒吸了一口凉气。

世界上的人类既然属于同一种的生物，其中，必定已经蕴含了人们尚未解读的神秘联系，这种关联性让人无以逃遁、无以预测和无以掌控。

后来，紫鑫查阅了有关张显龙的相关生平事迹，这位华商领袖有一句爱说的话，就是：不要也不能在乎别人用怎样的眼光看你，路是由自己走出来的。

就是他这句话中的思想，鼓励了林威，使他放下偏见，勇敢地和林帆走在一起的吗？

回到旅社，紫鑫一进大厅，就坐在被陶瓷壁画包围的沙发上，掏出笔记本，写下了以下的话语：

"生活和事业，都需要具备独立的思维方式、能力和主见，这些都不是听别人意见就能解决问题的。再说，众人观点各异，欲听也无所适从，就像是自己刚才试穿旗袍，两个女人对色彩的审美都存在着明显的差异，如果一味迎合对方，只能违背自己的心愿，苦了自己。"

"你在问我们'十大妈妈'的攻守同盟啊？只要明月姐决定解除禁止令，我们就会放下刀枪的……"后来，当紫鑫的采访进行到第五位"十大妈妈"的时候，紫鑫问起这事儿，有三位表达了这个意思。
看来，明月在"十大妈妈"中的影响力是显而易见的了。

紫鑫已经在同桐待了一周的时间了。

一轮明月高悬中天，俨然不给孤独的星星独自闪耀的机会。也许，到了夜深人静的时候，月亮也会稍事休息，那时，天空的格局会悄然发生变化，只是疲累的我们无心抬头仰望，自顾自沉浸在酣梦中了。

五、戴上智慧的帽子

"紫鑫,我的小祖宗啊,后院失火了,你的准男朋友想不开,独自开车找你去了,你快躲一躲,或是快快回北京啦!"

微信上的文字,加上一把火的图案,萌哒哒的小人儿,一起在对话框的下方跳跃,激起了紫鑫的好奇和想象。

这种恶搞的事情,除了乔一,应该不会是别人了。

"怪没意思的,这么快就让人给识破了。"这是紫鑫的回复,虽然乔一修改了微信的名字,还是让她发现了,这种前言不搭后语的表达,是乔一常常爱干的事儿。

"我们决定从北京开车去同桐,国际基金会的一位妇女问题专家和两位志愿者同行,沿途考察几个城市和小镇的妇女的生活现状,最后一站到达同桐。乔一,请你通知紫鑫,我们大约在十五天后到达。"

对方紧接着又发来了这段录音。

这个声音好熟悉啊,紫鑫在脑海里仔细搜索着自己音源库里的记忆和识别系统。

这个声音是毛夏夏的。

说实在的，外出工作，一心一意想办法完成访谈的紫鑫，把北京的 WS 公司，把自己的毛老板，把"准闺蜜"乔一，暂时抛在了脑后。只有在整理着访谈内容，想着自己的工作内容与原先的计划书是否有差池和偏离的当儿，才想起了公司，准确地说，是想起了公司与国际基金会签署过的计划书。

乔一啊乔一，干吗要改微信名字啊，看来你还真是成心想要整蛊人的啦！

不对，不对，谁是我的准男朋友了？怎么连自己都不知道呢？

紫鑫一边向着一栋位于 4 层商场之上的写字楼走去，一边暗自思忖着。

这是同桐市的一座著名的购物中心加写字楼的建筑，这里的人们称之为"铜楼"。乍听起来，以为是当地一个历史古迹或是铜制的楼，同桐的"同"又和"铜"谐音，使之充盈着神秘之气。

其实，就是因为这座建筑物的外墙颜色的缘故，说黄不黄，说棕不棕，说金不金的，有人就别出心裁地想到了"铜"的颜色，铜楼的名字就渐渐传开来了。

据说开发商是极不愿意听到这个名字的。本身他们投资建的楼有个特别洋气的名字，叫作"伊丽莎白商厦"，写字楼和商场都是商业，伊丽莎白的寓意也好，忽然间被老百姓们说成了铜楼，挺不舒服的，再说了，叫金楼银楼也比铜楼好啊！

但是奇怪的事情发生了，自从"铜楼"的名字渐渐传开，远走十八乡之后,不但商场的生意火爆起来,就连4楼的电影院也是要早早去买票才行,4楼以上一直到33层的写字楼,也很快地,或出租或售卖得一空。投资商最终也没有弄明白,"铜楼"的故事在坊间是怎么个传说的,这可比成百万的广告费投放出去,要强得多了。

紫鑫的第三个访谈对象,她的公司就在这"铜楼"的第19层楼上。

在做访谈准备工作的时候,紫鑫发现了这个奇特的现象和故事,和一位气象学专家在正午看到日月同辉,人类学家看到类人猿开着汽车驰骋在纽约的大马路上的感受颇为相同。

也许,世界上任何一个角落里,时时都在发生着颠覆专业人士常规思维和视角的事情!

19层楼上,只有两家公司,各占了半个楼层,比起那些一串公司名称的水牌贴满了电梯间的楼层来,这两家公司的规模不算小。

下午四点,紫鑫如约来到了这位"十大妈妈",人称"帽子妈妈"的公司。

这时候,离下班时间不远了,受访人又是个颇为忙碌的人,也许只能给一小块儿的时间吧,和她约定时间,想尽可能提前也是枉然,紫鑫上楼之前,在楼下的商场转啊转,在电影院买了爆米花吃完了,好生盼望她马上来电说,不要等到4点了,现在就来,快上办公室来啊!

这会儿,紫鑫暗笑自己倒像是个蹩脚的狗仔队成员了,心里猴急猴急的,但是身体确是在无休止地等待,憋屈啊,但毫无办法。

但是,紫鑫觉得自己很幸运,好在国际基金会和公司的合作摆脱了常见的街头小报的阴影,那种以愚弄老百姓为乐事儿,把那些个演员的花边新闻搞得七零八落又沸沸扬扬,比要发动战争、总统选举和获得诺贝尔奖还要隆重,硬生生地,一次次把文明社会的价值观拉回到几百年前的黑暗里去,诸如此类,不会发生。

又好在和她一起在英国读书的各国学生们,后来做了媒体人的,看来境界不低,际遇还不至于那么悲惨。

就在喝了半杯茶,等待着采访对象的当儿,自己开小差开到遥远的地方去了。

唉,"帽子妈妈"的时间有限得很呢,紫鑫不禁感叹起来。

"你好!你好!抱歉接一个电话把时间给耽搁了。"这会儿,一个厚实的女声响起,"帽子妈妈"风风火火地从她的办公室来到了公司的小会议室。

"我叫紫鑫,很高兴结识您!"紫鑫被她的热情和活力所感染,也是热情洋溢地和她打着招呼。

"我们今天的时间有限,有什么就直接说,好吗?为了加快速度,你可以录音。"

"好啊,可是,我还想同时做笔记。"

"当然没问题啦!"

"那我们开始吧,要加茶水的话,就按下这个按钮,前台会来为你添加的,是不是有点像在咖啡吧里的感觉?呵呵,对了,你也可以要杯咖啡,或是热巧克力。"

"我会提很细的问题,您不介意吧?"

"介意又有什么用?谁让我们公司是最最注重细节的呢?我们生产出来的帽子,一个线头也不允许有,就连棉布衬里上最小的瑕疵都会马上被甄别出来。"

"你知道,我们公司从1850年在意大利佛罗伦萨郊区的一个农庄里的手工作坊创立到现在,一顶帽子的制作耗时7周,要完成50多道工序才能出品,这是手工制作的精髓,毛毡帽子流行几百年的其中一个原因。""帽子妈妈"接着说。

"在英国读书的时候,就已经对苏格兰的帽子情有独钟,倒是不太了解意大利的帽子,学生没有经济能力对贵族的消费品东张西望的。"

"说得太好了,不过,今天我要送你一顶特大帽檐的,没有放衬里,但是可以折叠的羊毛毡帽子,对了,你可以用一根短皮带来系紧。"

"我不能无功受禄。"

"你戴上一定十分优雅。"

"您认为自己被选为'十大妈妈'的理由是?"

看时间不早了,紫鑫干脆单刀直入,调转了话锋,可是话音刚落,"帽子妈妈"的手机铃就唱起了歌,她迟疑了一下,还是接了,随即就走出小会议室,去过道上接听来电。

刚才两个人的交谈速度很快,紫鑫一个劲儿想把握谈话的方向,恨不得她们的对话都是没有什么水分的干货。可是,不到火候就想牵引谈话的方向,难以让对方进入彻底放松而又语如流水的状态,虽然一开始,"帽子妈妈"就强调要直接谈,虽然她们已经以利索的语速,看似做着敞开心扉的交流。

其实,紫鑫的心里正在发着慌呢!

很有可能,采访没有真正切入主题呢,而时间到了,以后呢,双方也再没有机会见面了。

事实上,没有人会总是忙碌,找到一个拒绝人的理由并不难,可是,当你并没有走进别人心里去的时候,你的采访才会一次次遭到拒绝。

短短的当儿,紫鑫又开起了小差。

她定定神,决心拿出专注的武器,一口气将"帽子妈妈"的采访做好。

轻轻触碰了一下呼叫按钮,有点像青年旅社前台姑娘那么个娇小的前台职员,便彬彬有礼地走进了小会议室。

紫鑫说要一杯咖啡,蓝山,或是摩卡都行,不要大杯,不要加糖。

女孩瞪大的眼睛,好像在说,什么什么?不要糖?只要是咖啡不就可以了吗?

紫鑫微微抿了抿嘴,觉得没有必要和她来一番解释。

咖啡端上来的时候,"帽子妈妈"回到了小会议室。

"抱歉,有一批货发错地方了,但这不是常有的事儿,已经解决了,我们接着说吧!"

"好的,刚才我的问题是,您认为自己被选为'十大妈妈'的理由是?"

"我问过自己这个理由,我老公也说,汪琳琳,如果选'十大女企业家',你倒是挺合适的,但是他在政府部门工作,怎么可能知道我横竖都不够格当那个'家'的,女企业家其实和花木兰啊、杨家将啊是差不多的。"

"那么,您后来发现这个理由啦?"

"是的!评选我的理由是因为我太坦诚,和儿子的关系好到让别的母亲羡慕嫉妒恨吧!"

"比如?"

"我从小就和儿子有个约定,不撒谎,做真实的自己。"

"还有呢?"

"正像是儿子问我,妈妈为什么会容许他爱上一个女孩子?我说是的,这是人的天性,当然也是你的天性。但是,要知道爱让你没有了学习的兴趣了,没有了你自己的目标了,你越来越差劲了,那么,你的所谓的爱就生病了,就得去治好这病,包括锻炼身体,把这码事情给忘掉。"

"您的儿子听从吗?"

"我告诉他,我就是这么想的,暂时还没有其他的建议给到他,他初二了,听懂了。"

"后来,他做到了吗?"

"我没有小心翼翼地跟踪他,看他每天开开心心的,觉得他不会有事的。"

"儿子什么话都告诉您吗?"

"基本上是这样。他的同学到我家来,看见我们两个人关系很亲密,都不理解,后来他对同学说,什么话都可以和妈妈说,当然只要你愿意的话,就不会做你妈妈的敌人了。"

"您对他爸爸也是这样吗?"

"其实,我老公是家里的老小,被宠坏了,他是非常想做一名发明家的,却被他家里人逼着去考了公务员,他也唯唯诺诺地去做了。

我呢，又是家里的老大，个性很强，起初他依恋我，我宠着他，倒也和谐。可是美滋滋的日子并不长，我太忙，一个女人开公司谈何容易？我也想有人宠爱我，支持我，帮助我呢，于是，心里不顺气，我们就开始吵架了。"

"后来呢？"

"我就和他坦诚讲了我真实的想法，我们相互剖析，竟然达成了共识，这样，问题也就解决了。很多时候，纠结的不是问题本身，是我和他之间要达成共识的问题。"

"您有没有觉得您是一位业余的心理学家或是……"

"什么家也谈不上，只是遇到问题，多想想，多找书来看，知道了问题在哪里，就会有方法解决。"

"您怎么会想到去参加'十大妈妈'的评选活动？"

"是我儿子向主办方推荐我的，一开始我还不知道呢。后来，他又动员老师和同学们来选我。"

"您的儿子一定是太喜欢您了！"

"他说他的同学们和家长的交流都会有这样那样的问题，要么家长老是惩罚他们，看他们什么都不顺眼；要么就娇惯得厉害，什么都不让他们自己干，打球的时候还得拿着条毛巾，可怜兮兮地站在球场边，等着给他们擦汗，带苹果来学校吃还得把皮给削好了，弄得孩子傻兮兮的。还有就是有的同学家长，一个罚，一个宠，比如爸爸罚，妈妈宠，或是反之。"

"总之，他挺看不惯的吧。"

"是的，所以，他想挽救他的同学们。"

"挽救？"

"是啊,他告诉同学们,他和我在一起很爽,很爽,要让同学的父母亲来向我取取经。"

"一个有心的孩子!"

"在评选的时候,他的一篇文章发表在我们的《同桐日报》上,题目是《和妈妈在一起很爽很爽》,这为我加了不少分。"

"您感谢他吗?"

"很感谢!我也当面和他说了我内心的感受。当然,当我真正当选为'十大妈妈'了,我和儿子确实都没有想到。"

"很开心吗?"

"首先是觉得惭愧,然后才是开心,我什么也没有做啊!"

"我不这么看,您的孩子受益于您的坦诚的脾性,良好而高效率的沟通化解了心中的阴霾,他又试图去帮助更多的人,也许我们站在孩子的立场上想想,就会发现,如果不是这样,孩子们会多么的可怜!"

"我儿子也说他的某些同学很可怜,甚至说:妈妈,他们也想做您的孩子,做'帽子妈妈'的孩子。他们都叫我'帽子妈妈'。"

"您孩子的感染力和少通事理,让我感动,那您平时是怎样教育他的呢?"

"呵呵,谈不上是教育,我是个尊重他的妈妈,如果说教育他的话,就是我们家制定了坦诚的原则,包括对自己的烦恼,对家人对别人的不理解等等,都要在当日的夜里12点之前结束或是找到解决办法。"

"这看起来不容易,做起来也不容易啊!"

"当然,如果不去做的话,就没法子了,开始的时候挺难的,后来就成了一种习惯,想不做都难了。"

"您为什么会想到这样去做呢?"

"自然而然吧,我自己的改变其实也挺大的,回想起来,我脱胎换骨般地改变了几次,所以我不相信所谓的江山易改,本性难移。"

"所以就坚定了做下去的决心?"

"是的,一点也没错。"

"但前提是你自己愿意改变,而且知道怎样改变!"

"帽子妈妈"用语重心长的语气补充道。

……

时间的马达,一刻不停,飞速转动着前行,这是世界上唯一的永动机。

紫鑫的眼睛只能定格在旧世界,哪怕她终于发现汪琳琳公司小会议室的墙上,挂着各式各样的"帽子头像",一转眼间,这个发现就成为了过去时,这是多么鞭策人前行,而消逝得让人胆战心惊的时光啊!

昏暗渐渐袭来,对坐的两个人几乎难以看清楚对方的脸庞,俊秀的骨瓷咖啡杯被秋日傍晚的凉气打了霜,变得冷冰冰的,愣头愣脑的,再也唤不起让人举盏的热情来了。看来,是结束谈话的时间了。

"哦,差一点儿就忘了,我要送你一顶羊毡帽。"汪琳琳不等紫鑫再次表达客气和推辞,就独自出了小会议室。看来,这是秘书做不了的事情,她将以自己对紫鑫喜好的判断和欣赏,亲自为她挑选一顶适合的帽子。

紫鑫试戴了这顶让自己盛情难却的帽子,小会议室的墙上,竟然有一面欧式边框的镜子,镜子里,戴上了帽子的自己似乎变了个样子。

"真好看!不过,你得把衣橱里的衣服翻一翻,看哪些适合这顶帽子,我的好多朋友,因为有了漂亮的帽子,重新整理了自己的服饰,穿衣也更有品位了。"汪琳琳的真诚又温暖的话语,令紫鑫动容。

原先,自己只是胡乱买一顶帽子戴上就好,度过英国漫长而又寒冷的冬天,一顶毛线编织出来的圈圈帽,就足足戴了三个冬季,这样看来,美丽的女人啊,无疑是错过了另外一种风格的美丽。

"我们一起吃晚餐吧!"汪琳琳的话语刚落下,压在紫鑫心里的一块石头落了地。

"不过,请让我来做东请您吧,您辛苦接受我的采访,这算是我的小小心意吧!"紫鑫忙不迭地说,眼中闪着愉悦的光芒。

"北方人常说我们江南人小气,其实不是这样的,江南人想的是大家都不要相互占便宜,不过,我的说法不算数的。尽地主之谊是我应该做的,再说,我们去吃西餐,一点儿也不浪费,好吗?"汪琳琳的盛情让紫鑫难以推托,一时间,只能是跟随着她往西餐厅里走去。

斑马西餐厅坐落在"铜楼"第4层的电影院旁边,说是斑马,倒不如说是动物园西餐厅。

仿真乔木和藤蔓,把铁质和木质材料打造的桌椅围在其中,让人仿佛置身于森林之地,更有带花的绿色叶片纤纤地飘到你的头顶或是背后,让你想起在林间深一脚浅一脚地探寻着什么奇珍异宝的时候,用手轻轻撩开眼前的树阴或是蜘蛛网时的感受。

紫鑫对面汪琳琳的后背处,是一匹足足高4米的大斑马,逼真到每每想用手去抚摸它光滑的皮毛,斑马黑白色的条纹,也十分抢眼,让人不自觉地多看几眼。

餐盘边上,纸巾上,甚至是刀叉上,都印着餐厅的标志:一匹微微弯曲身子的斑马,右边是黑色的三条水波纹,整个餐厅,俨然是黑加白的经典布置了。

"您喜欢吃西餐?"紫鑫随意而兴奋地发问了。

汪琳琳的脸上泛着红光,丝毫看不出工作了一整天之后的疲累,说她是未婚的大龄女青年也不过分。

"是的,非常喜欢吃,是我第一任男朋友让我喜欢上了西餐。"汪琳琳又呈现出了她美德里的坦诚,她稍稍把乌黑的短发向后拢了拢,语气颇为自豪地说。

"外国人不相信有什么媒约之言,可是,我和我男朋友的相识是帽子遇到了帽子,双方的老人为我们做的媒。我到现在也不知道,介绍认识了男朋友,最后没有结婚,这算不算是做了媒,做媒是不是一定得让人结婚的那种?"汪琳琳扑哧笑了,笑自己到现在还是个"媒荒"。

紫鑫也笑了,但并没有作答。

两人低头吃了一会儿蔬菜沙拉,相对无言。

汪琳琳"帽子遇上帽子"的表达,让紫鑫的想象力飞翔起来。

"每次吃西餐,又伤心又开心。"汪琳琳把手中的一块面包放到了面前的餐盘里,暖暖的目光望着紫鑫,款款地说。

紫鑫向她投去一抹亲和的目光,让眼前的"帽子妈妈"又一次乐于对自己敞开心扉。

"他是意大利人,世界知名帽子企业的继承人,他们的家族企业从1850年佛罗伦萨郊区的小作坊开始,现在拥有5个世界级的帽子品牌,在全球39个国家有专卖店。他们家是改革开放后最早来到中国发展事业的,在意大利的华商为他们介绍了中国,也介绍了我们这里,他们就来同桐,找到了手艺不错的两位制帽人,我爷爷和我爸爸。他们一见如故,对制作帽子的专业激情和感情,促使他们一定得合作起来,做些共同的事情。"

汪琳琳顿了顿,深陷回忆的小舟里,而小舟在河上飘摇着,不需要有方向,水流向哪里,她的话语就飞驰到哪里。紫鑫完全可以不考虑事件前前后后的逻辑关系,只要她的访谈对象肯述说,她就能抓住其中的神髓。

"起初,我只是一个旁观者,觉得爷爷和爸爸与外国人合作一定很有趣,就嚷着要和他们一起去意大利考察。这一去,就不得了了,我的家族血液里遗传给我的,对帽子的感情一下子就被调动和激发出来了,还没有回国呢,我就像专业人士一样,悉心做笔记,到处拍照片,晚上拉着翻译一遍又一遍问问题,比如,专卖店里说明书上写了什么,工厂负责人为什么说识别料子不仅要凭化验,还要和眼睛以及手一起来做?那个老翻译,简直被我给纠缠死了。"紫鑫从汪琳琳的话语里,感受得出她的雀跃,也体味到她所说的改变,而且是脱胎换骨般地改变的意味。

"后来,我就和列奥纳多成了好朋友,他是唯一继承家族事业的孩子,兄弟姐妹四个,只有他对制作帽子特别感兴趣。他不仅是一位出色的帽子设计师、配搭专家,而且具有相当好的企业管理能力。哇塞,他设计的意大利球迷帽酷极了,还有球队帽,车手的摩托车帽,狂欢派对帽,当然,高雅传统的淑女绅士帽更不在话下了……"

"列奥纳多,他和欧洲文艺复兴时期的天才科学家、画家、发明家达·芬奇同名字啊!"紫鑫忍不住感慨着。

"他自己曾经说过要超越意大利前辈列奥纳多。"汪琳琳的眼里闪烁着自豪的光芒,和先前提到她公务员丈夫时的感觉,大相径庭。

"那他现在还在做着家族的事业吗?"

"说来话长了。现在的中国公司总部就设在同桐了,我在管理,不过,我是最小的股东,这也是奇迹,公司由最小的股东在全权打理着。"汪琳琳的口才很好,对自己从事的事业的描述和表达,格外清晰明了,即使是让外行人听来,也丝毫不感觉陌生,而且,饶有韵味。

一段说不上名字的轻音乐飘来,两人静静地品味着曲目中的曼妙情怀。

"这款咖啡的味道,和我有一段时间的心情一模一样。"汪琳琳说完,端起蓝山咖啡呷了一口,一时间,默默然的神情让人心生怜惜。

她将怎样描绘这种味道呢?紫鑫默默地猜想着。

紫鑫觉得,蓝山咖啡苦中略带甘甜,有些微的酸味,能让味觉感官更灵敏,品尝出其独特的滋味,这是咖啡中的极品。在国外时,要忍住好几天,才舍得让自己去喝一杯蓝山,聊以慰藉自己稀罕它的初心。好的东西,爱的东西,怎可以就让它随随意意地,取之便得呢?!

"列奥纳多带着我去了蓝山咖啡的产地牙买加,当然他还说我们要去西印度群岛,那里也是蓝山咖啡的产地。爱什么,就要深入地去了解什么,这是他的观点,他也是这么做的,就连我小时候常常当孩子王爬的那棵大槐树,他也去看了,我们在树下合影,毛毛虫掉到了脖子里,他还打趣说,我刚刚以为中国的女生用三寸金莲去爬树呢,虫子就跑来声讨我了……"汪琳琳的普通话突然转成了家乡的吴侬软语，细细柔柔的声线拉得长长的。

恋爱中少女才有的一种让人痒酥酥、甜蜜蜜又迷迷茫茫的感觉，紫鑫在汪琳琳的身上找到了。

她在享受着一种回忆美好带来的爱意和惬意。

顿时，她自己变成了集施爱者和被爱者于一身的天使。

"终于我知道，一杯好咖啡来之不易，从萌芽，开花结果，到生豆处理，烘焙研磨，冲煮品尝，每一个环节都影响咖啡的风味，这是一个漫长而又寂寞的等待过程。这和我们打开塑料袋，冲泡一杯速溶咖啡，讲的不是一个概念。"

汪琳琳和声细语地说着，和下午在她公司里不同的是，紫鑫不是对面的那个采访者，她要扮演一个对方超级闺蜜的角色，做一个最最忠实，而又最最专注的倾听者。

其实，汪琳琳获得"十大妈妈"的荣誉，得益于一个她自己的颇为漫长的成长过程。在这个过程中，她的进取和变化，从和意大利小伙子谈恋爱，认识外部世界，到和国人结婚生子，儿子15岁，无异于她经历了凤凰涅槃，浴火重生般的一段人生，只不过，她在日常的工作和生活里，平淡地做着自己的角色罢了。

紫鑫不禁想起那许许多多的场面上的人物来。

他们的光鲜度，常常是被镁光灯给加大和提升了的，当灯光熄灭，辉煌的模样就不翼而飞了，魂也丢了，因为他们实在是德不配位，经不起没有被人吹捧的日子，哪怕一天。

然而潜伏在民间的才子佳人，多数就如同一棵棵朴实的树那样。他们沐浴阳光雨露，茂盛生长，经年之后，也挺立着度过四季的雪雨风霜,盛夏艳阳,好一派风光无限地度过每一天的时光,昂扬也好,失意也好,树总是树,大不了折了枝,落了叶而已。

汪琳琳是手艺人的后代,可是,她把修炼到的做人精髓,竟然用到了做妈妈的智慧中来,乍看上去波澜不惊,却是超越了不少女人做妈妈的智慧和能力。

很多时候,中国的妈妈们也是像个小婴儿似的,总在襁褓里生活,不仅那些愚昧的丈夫们满足了庇护她们的虚荣心,同时,她们自己也是带着某些陈腐的观念和行为,什么女人无才便是德,相夫教子等,就登上了现代家庭的殿堂。于是,她们就心甘情愿把自己反锁在家里,害怕接触栉风沐雨般纷纷扰扰的社会。

她们舍得让自己如同汪琳琳般地去大世界里走走,去接受锤炼吗?

她们真正懂得做女人的价值吗?

这个问题只有傻女人才去想吧,这是乔一常说的话。

不去想做女人的价值才是变成了傻女人一枚呢,这是紫鑫此刻的感悟。

可是啊,紫鑫,你以为谁都跟你似的,这么故作深奥,谁不为五斗米折腰啊,乔一又会说。

乔一的一番好意紫鑫从来都理解,她衷心希望紫鑫能够充分本土化,做的事情符合习俗和国情。

好个乔一,在这个时候,也会跑出来,和紫鑫站在一起!

"后来,我拼命学习意大利语,他拼命学习中文,我们也在同桐成立了合资公司，生意也慢慢地红火起来。自然而然地，我成了我们家族事业的继承人，而且还把传统的手工艺给国际化了。我爸爸和爷爷做梦都没有想到呢，因为他们从小就没往这个方向培养我，我小时候，是青少年的时候吧，逆反得厉害，如果他们让我干这行的话，估计他们比我崩溃得还要早。"

"我很担心您告诉我你们后来分手了，我从心里觉得你们很合适。"

"我们一直没有分手，直到现在也没有分手。"

"您是怎么做到的？"

"尊重自己的内心，坦诚地问自己，和他分手了吗？答案是：没有！"

"他会和您敞开心扉地交流吗？"

"会的！就连我教育孩子的方法，我也是问过他的，不过，是在心里问的，他说这是个好方法，我就做了，果然不错。"

"您这么坦然地对我说这些秘密，需要我为您做些什么吗？比如说保密。"

"你是我遇到过的最好的女人之一，因为你一直试图在理解我，我感觉到了。"

"您会不会有内疚的感觉？毕竟您有一个完整的家？"

"三个人的家，和千千万万的人家也没有什么区别，情感归属在哪里，其实哪里才是你真正的家吧！"

"我们不是生活在一个真空的世界里，也得面对家人，面对柴米油盐，是不是？"

"你和我说话的方式很像欧洲人，很国际，我很爱听，你知道的，这些事情找谁去说呢？我先生知道这些事情，不过，他有点不耐烦，也不愿意再去了解什么。"

"您和您先生说你的情史吗？他的反应令人无法猜测啊！"

"所以，我对儿子说了一部分。"

"他的反应是？"

"他很诧异和激动，因为在他的眼里，妈妈怎么可能是个有故事的人呢？"

"我很钦佩您的勇气！"

西餐厅快要打烊了，威武的斑马雕塑，听着她们压低了嗓门，窸窸窣窣的谈话，也听得累了。

"再过五天，就是列奥纳多的忌日了，我在公司为他举办纪念会，也是个展览的形式，办一个儿童创意帽子展览。当然，也要售卖，那天，全部儿童帽子的牌子都是'列奥纳多'的。"

"他的忌日？"紫鑫的惊诧越过窗外无边的暗夜，茫茫然伸向远方，一种从来没有过的心痛的感觉升腾上来。她承认，自己不是一个优秀的访问者，常常会不自觉地随着主人公的喜怒哀乐而转换自己的情绪，作为一个传媒人，也许应该在采访结束以后，文字撰写时，才把大喜大悲和微妙的情境跃然纸上吧?!

"他已经离开这个世界整整十七年了。如果不是他还活在我的心中，我的事业心和生活下去的勇气都会大打折扣的。说实在的，他对我一生的影响太大了。"

这番动听的话，从这个看似平平凡凡的江南女人口中，不加修饰地流溢出来，如果不知内里奥妙的人，纵然是不能够理解的。

对一个人最高的赞美，莫过于此。

这是不是一种终身学习的方式呢？

在汪琳琳这个女人的身上，紫鑫看到了除却文凭那光亮的外衣后的，另一种饱满的智慧！

因了汪琳琳，紫鑫对"十大妈妈"们进行深度挖掘的兴趣和信心，都陡然地增加了。

回到青年旅社的时候，才想起来给来自公司的通知作个完整回复。

乔一发来了N多的东西，包括为什么毛夏夏会是她的潜在的男朋友，他们去同桐非由他亲自主理不可，这也太大阵仗了；公司里其实最最想念她的人是乔一；争取了好几回，方大伟都不同意她跟着出发去同桐，等等。

紫鑫淡然。

几乎是全部的心力都放在"十大妈妈"身上的紫鑫，无心旁顾除此之外的事情，也是情理之中的。

还是让自己放松一下采访的注意力吧，否则，没准做梦都是在和汪琳琳说着话，谈着她的帽子。

紫鑫对着洗手间的镜子，莞尔一笑。

紫鑫后来翻查了资料，现在，由汪琳琳牵头创立的"列奥纳多"，也是颇有名气的儿童帽子的品牌了，当然，要成为国际知名品牌，还有漫长的道路要走呢！

六、爱心似海

紫鑫拜访的第四位"十大妈妈"海鸣鸣，也是个快人快语的人。

虽然不像汪琳琳那样，任何有关她自己的故事，简直可以迅速地直达你的心中，让你爽快地陪着她一同揭去你自己顶着的那层厚厚的面纱，敞敞亮亮，掏心窝子说话。然而，她也绝不是一个拖沓的女人！

还没有见面，只是和她约时间见面的短暂通话，海鸣鸣的细致和认真就给紫鑫留下了深刻的印象。

当时，她详细询问了紫鑫的来意，大致的采访内容和所需要的时间，还有她需要做的准备是什么等等。

她不允许自己是个不明就里，只是随随便便就说"见面谈谈吧"的人。

海鸣鸣中等身材，因匀称的体型而显得丰满。她留着及肩的中长发，软软的头发有点偏淡黄色，眼睛细细长长的，牙齿整齐洁白，笑起来，一对可人的小酒窝深陷在两颊里，为她略显黧黑的肌肤增色不少。

她有个读小学四年级的女儿。

周六一早，她们就在妇联的小会议室里聊开了。

市妇联的会议室、接待室，是她们"妈妈会"常常借用来开展活动的场所，妇联对"妈妈会"的支持可见一斑。

"您成立了'妈妈会'？"

"是的。"

"为什么成立这个会呢？"

"起初是因为我周围的妈妈们不会做妈妈，包括我。我们一群糟糕的妈妈需要在一起学习怎样当好妈妈。"

"后来呢？"

"后来我去民政部门注册，'妈妈会'成为一个社会组织了，有很多的妈妈参加进来，也包括少数还没有做妈妈的女性。"

"我看到这个会的宗旨是'学习学习再学习'，这是您的主张吗？"

"这是从做妈妈的体会和感觉里得来的。"

"目前你们的这个会在做哪些活动？"

"讲座，参观家庭，研讨会，读书会等。"

"您不仅是这个会的创始人，也是两任的会长了，准备一直做下去吗？"

"这是大家投票选举出来的，下一届，我希望她们选其他人。"

"说说您自己的经历，好吗？尤其是当选'十大妈妈'的经历。"

"不如这样吧，我先请你下楼去看看我们的活动展览，再来接着谈。"

"好的。"

简洁明了的一段开场白之后,海鸣鸣便要紫鑫跟随着她的步伐,去多多了解"妈妈会"的面貌,用心良苦。

这座办公楼大厅,巧妙地在其侧面,将宽阔的走廊和电梯间的通道设计成了一个开敞形的展厅,这里正在举办着"妈妈会"的活动展览。

最吸引紫鑫的,并不是首先映入眼帘的一张张的图片,歌咏比赛的,听讲座的,读书会的,集体打太极拳的,跳扇子舞的等等,倒是一位位妈妈们手书的学习感言。

探索妈妈们的精神世界,无异于也为自己打开了看世界的另外一扇窗子。

乍一看,还以为这里是中小学生们的作文展示栏。

妈妈们的硬笔书法实在令紫鑫无法恭维,歪歪斜斜的,头大身子小,头小身子大的暂且不说,有的看上去斗大,有的若蚊虫般纤纤细细,有的圆圆滚滚的,像聚拢在荷叶上的一颗颗水珠,让人担心水珠子随时会脱离纸面,一不小心掉到地上来,只不过水珠的颜色是黑色的而已。

不过,白纸黑字上的内容倒是情真意切的,让人感动。

妈妈们多数都是数落自己原先怎样不会做妈妈,经过学习和老师的指导,做了哪些改变,获得了哪些收获。

妈妈们能有这样的勇气直抒胸臆,令紫鑫心生钦佩之情。她告诉自己可不要为了她们不雅观的书法而扼腕叹息,她们需要做出的努力远远不止于这些方面。

也许，她们已经是超越千千万万中国妈妈的妈妈了，在英国读书的时候，自己还每每为妈妈们在心里打抱不平呢！

有的西方传媒喜欢贬低中国妈妈的素质，说什么中国改革开放以来，中国妈妈，尤其是年轻妈妈的素质随着人均收入在世界排名中的增加而下降。当然，找出事实和案例，并用数字说话的报道也是洋洋洒洒的，这些林林总总的东西，常常令紫鑫非常烦恼和不安。

这个海鸣鸣，在有意和无意中，倡导了中国妈妈学习和提升素养的新风尚，这个寓意深远的举动有多么伟大，也许她自己并没有意识到。

我自从参加了"妈妈会"，进步很快，起码，我知道了要尊重我的孩子，不能成天看着他不顺眼，打来骂去的。

他差一点离家出走，要是在以往，我会继续骂他是个猪头，要走就早点走，最好不要回来了。

可是孩子怎么会知道我不要他回来是假话呢？他没有我们大人一样的想法的。

好在我和他及时沟通，又赶紧打电话给会里的老师，问怎么办才好，这样，才避免了我们家庭的不幸。

我好感谢有"妈妈会"，要不然，我会永远是一个糊涂又愚昧的妈妈，我的孩子会因为我而不能成人。

我和海鸣鸣会长说了，有什么活动，我都参加，有要我做的事情，我不仅免费来做，还要积极地来做！

张金荷

这封落款"张金荷"的会员感言,一看便知是不加修饰的原作。

虽然她真真实实再现了自己的变化,可是,如果中国的丈夫们看到这样的妈妈心语,会不会被吓得不敢结婚了呢?此妈妈并非自己孩子他妈,但愿他们可以这样庆幸吧!

紫鑫又仔仔细细看了一些妈妈们的学习感言。有一位妈妈说参加了"妈妈会",才让自己懂得了常年穿高跟鞋的害处,差一点,自己就被摔成残废了,好感谢这个会,云云,虽然有点词不达意,但她还是看明白了。

紫鑫像是初次走进博物馆的小学生般,眼睛在栏目上认真逡巡着,直到海鸣鸣说,我们回到接待室继续聊吧,这才醒觉自己还在仰着头,扶着眼镜,努力看清楚墙上白纸上的文字,一篇又一篇。

"我们接着先前的话题聊,说说您自己的经历,尤其是当选'十大妈妈'的经历吧。"

紫鑫开了场,两人在并排的沙发上侧身坐着,尽可能地靠近对方,而又不至于太过局促。

办公室的秘书手脚勤快地进来为她们重新沏上茶。这个小姑娘,也是长得乖乖巧巧的,在紫鑫的眼中,她和旅社前台姑娘、"帽子妈妈"汪琳琳公司的秘书,身形和样貌都如出一辙,再遇见她们的时候,难以分出谁是谁。

"我的经历挺简单的,高中毕业没有考上大学本科,读了个机械专业的大专,你知道的,读大专嘛,其实是学不到什么东西的。可能也是怪我自己没有用心吧,日子混着混着就毕业了,上学的时候很轻松,很开心,这下子可是慌神了,觉得自己啥也不会,只能在同学爸爸的公司打工，人家是看在我们好朋友的面上，才乐意收留我的。好在年轻，学得快，我自己干得蛮欢快的，后来公司派我去了在广东东莞的工厂，当起了生产线上的小工头，后来又当机修工，在和台湾人合资的公司里工作，慢慢地，就看到了和我们这里不一样的东西。"

"后来又回到了同桐？"

"是的，我父母亲在乡下，妈妈体弱多病，那时男朋友在同桐，就回来了。"

"那您后悔吗？"

"有点，毕竟人往高处走嘛！"

"后悔什么？"

"具体说不清楚，只是觉得压在自己身上的担子太重，累得心慌。"

"家庭的担子吗？您有其他的姐妹一起来承担吗？"

"我有哥哥和妹妹，但视同没有，你知道的，良心这个东西，有时候说不清楚。"

"那么，如果您想，要是继续留在广东，也许没有机会成立'妈妈会'，也没有机会被选为'十大妈妈'，是不是？"

"你说得很对，是的。所以很多时候想想，我也挺满足的。"

"您相信命运吗？"

"相信，不过不全信。"

"为什么？"

"没有一种命运是从天上掉下来的，命运是等不来的。"

"有道理。"

"那您成立'妈妈会'的初衷是？"

"是我丈夫提醒了我，噢，应该说是他打醒了我，当然不是真的用棒子打我，呵呵。他是个粗人，在我们厂里做水电工，有一天，我们为收拾房间的小事儿争吵起来，我责怪他脏衣服永远不放到卫生间的篮子里，鞋子从来不摆摆整齐，他就说，你们女人就是心眼小，一点点鸡毛蒜皮的小事也值得这么计较，几千年也不改变，连个小孩子都不如，你看囡囡都很怕你了，你已经是做妈妈的人了，你会不会做？他的话讲得不灵清，可是我明白他的意思，我想就连他都看不起我了，我就挺在意的。"

"于是就想让自己的心胸变得宽广？"

"真说对了。"

"接下来，您做了些什么？"

"我东查西查，没有一个学习做妈妈的地方，特别沮丧。我正在无从入手的时候，偶然看到一则视频，是孩子和家长相互打分的事，说是妈妈给孩子打分，满分是 10 分的话，她们给出的分数通常是 6 分、7 分甚至 5 分，9 分的都没有，她们一直是盯着孩子的臭毛病，什么黏人啦，动作慢啦，不听话啦，丢三落四啦，等等。可是孩子们呢，他们给妈妈打的分全是满分，当我看到妈妈们数落着孩子一天要哭个五六场，不吃饭就爱吃饼干，非得缠着你和他玩儿，简直是烦死了的时候，心里挺不是滋味的。孩子们则说妈妈的发卡漂亮极了，我爱死妈妈了，还说妈妈每次送我上学，拉着我的手，我都特别高兴，妈妈为我买了最好看的书，妈妈做的鸡蛋炒饭最最好吃了……"

"真是可爱的孩子！"

"是啊，你看，妈妈们和我一样，看到的全是孩子们不好的一面，不如自己心愿的一面，可是孩子们呢，全是看到妈妈们美好的一面。

这个差距很大,当公布孩子们打分的结果时,妈妈们全都惊呆了。有一个妈妈为她的儿子打了 5 分,说他极端顽皮,像个小猴子一样难以管教,可是孩子为妈妈打了 10 分,还说,我最最爱我的妈妈了,她特别漂亮,穿红衣服的时候更漂亮,我要给她打 100 分、1000 分。这位 6 岁男孩子的妈妈哭得稀里哗啦的……"

"这实在是出乎她们的预料了!"

"也完全出乎我的意料,我想到丈夫的话,自己连个孩子都不如,挺伤心的。"

"然后您也做了这个实验?"

"你又说对了。毕竟你是留洋的,喝过洋墨水,文化高。"

"怎么做呢?"

"我召集了几个平日里走动多的好姐妹,说和她们一起玩游戏,开始她们嘻嘻哈哈的,没当回事儿,后来一步步往下做,结果出来了,她们都傻眼了。我们实验的结果和视频里的几乎一样。"

"后来我也傻眼了,不知道下一步该怎么做。"

"您要找到自己的智多星,对吧?"

"为什么你这么了解我,简直就是我肚子里的蛔虫。"

"我猜的。"

"猜得对。我们就在一起交流,首先是怎样做到心胸开阔,不拘泥于鸡毛蒜皮的小事儿,大家一起想办法,都是些土办法,也管用。后来,姐妹叫姐妹,参加的人越来越多。"

"这是你们'妈妈会'的雏形,一个大家喜欢的沙龙。"

"你说的总能和我想的一样,只是有些东西,我形容不来,呵呵。"

"我喜欢猜。"

"从七嘴八舌到分组讨论，再到小组派代表出来分享，非常好的状态，我开心死了，大家真的就是太需要学习了，我才知道我们这些做妈妈的，原来不合格的占大多数，这可是一件不得了的事情。"

"进步的起点。"

"是的。可是，我又发现，我们自己很踊跃地讨论和交流，但是没有人指导是不行的，请了指导老师，那么这个人的水平和影响力都要很强才可以，否则，就把姐妹们给教坏了，就像是我们这些妈妈把自己的孩子教坏了一样。"

"看来，您遇到过不合格的老师？"

"是的，还不止一次。"

"愿意告诉我吗？"

"呵呵，这是我自己水平差的原因造成的。起初请的老师，是从报纸上的广告里找来的，要价不低，但是一点也不受大家欢迎，说些西方的育儿理论，还是照着书念的，问她一些问题怎么解决，她就说谁谁谁说了，你们去买什么什么书来看，也是服了他们了，这跟江湖骗子差不多了嘛！"海鸣鸣略微低下头，唏嘘着，感叹着，似乎回到了当初那无奈的情境中，又抬起眼睛看了看窗外，似乎要把自己沉重的心情向着室外放飞。

她接着说："后来，我们当地中小学学校介绍了老师来，说是给学生和家长讲过课，感觉不错，不讲不知道，一讲吓一跳，所谓的专家啊，思想观念陈旧，我自己都无法听她再讲下去。本来，妈妈们懂得的道理，但是做不到的事情需要老师指导，反而讲师似乎连道理都懂歪了呢……"海鸣鸣对视着紫鑫真诚的目光，一点儿停顿下来的意思都没有,"这样下去是不行的,我担心极了,我知道,讲师惹怒我了,我在心里也蔑视他们,于是,在一次所谓的名家讲座课上,我做了自己历史上最最不尊重老师的事情。我咬咬牙,鼓励自己站起来,伸出两只手,向着讲师做了一个暂停的手势,她很愕然地望着我,不知道我要干什么,而我像是一位女英雄似的,马上告诉她不要再讲课了,我们不要上这么差劲的课!"

海鸣鸣闭起眼睛深呼吸起来。这是一件至今令她耿耿于怀的事情,善解人意的她,当时竟然做出了连自己都意想不到的举动。

听从内心声音的强大动力,在任何观念碰撞的时刻,都会变成自己敢于行动的助推器。

可是,好几所学校为什么就能容忍这样的老师来践踏孩子们幼小的心灵,学校的老师也视而不见,这怎能让人释怀呢?

紫鑫想:海鸣鸣让那个思想迂腐的老师逃之夭夭了,她即将把自己培养成为一个质量监督员,不仅需要火眼金睛,更需要事前先去深入了解,还要有洞若观火的能力,比如说试听。

"后来,我就跑到北京去听相关的讲座,慢慢认识一些有水平的老师,还有外国的老师。也不管听课费贵还是不贵了,反正,我在吃的方面很节俭,一个馒头夹咸菜就一顿了,咸菜是我从家里带去的,北京的火烧和煎饼果子也很好吃,偶尔也去买。大约在北京住了一个月吧,我丈夫说,你也得掂量掂量自己,和那些专家教授打交道可怎么打啊,别不务正业了,再请假,单位就要开除你了!"

显然海鸣鸣得抓住一切的机会学习。

有几个新朋友说她也是北漂了,可是人家做北漂是想出大名,你是到处找课听,追着赶着别人要去学习,完全没有准北漂那怀才不遇的情绪，一天到晚乐呵呵的。

她记录了厚厚的 5 大本笔记。后来紫鑫看到了她娟秀的文字中间，常常夹杂着汉语拼音，原来，遇到她想不起来或是不会写的字，海鸣鸣就立马用拼音代替了。

"妈妈会"活动展览栏里，还没有谁的字写得似海鸣鸣般好看，整齐，大气，横平竖直的，还带着一点传统观念里的喜气，那是一种吸引眼球，让人想多看上几眼的感觉。

如果不是工作单位再三下通牒说，再不来上班就要开除她的话，海鸣鸣也许就真的会在北京住上个一年半载的，也许后来她会是属于北京的海鸣鸣，而不是现在这个属于同桐小城的海鸣鸣了。

紫鑫暗暗思忖着。

人的一生，常常充满了戏剧性的章节，这些你始料不及的起承转合，一点点，一幕幕，一场场地，让你的人生波澜起伏，韵味十足，于当事人来说，是追求目标途中遭遇的自自然然的风景，比到手的幸福更加让人欣喜。所以，旁观者很难理解这其中的奥妙，那些不明就里的感慨和唏嘘，看似是对当事者的同情，而多半都是无益的。

所以，人们常常在开始始于自己脚下的某种行动之后，才会发觉，自己开始理解这个世界上的其他人的某些想法和做法了，这是除语言沟通之外的，最好的另一种人与人之间的交流方式。

后来，后来呢？

这时，海鸣鸣被一个冷不丁闯进来的妇女干部，硬生生地给叫走了，对方说是好久都找不到她，今天知道她来妇联，正好有事请她帮忙，无论如何得和她说说，就赶来了。见来人那一脸的急切和诚恳，有些无奈中不由分说的样子，海鸣鸣只好把紫鑫一个人丢在了这间小小的会议室里。

楼道里不时有高跟鞋底"蹭蹭蹭"踩踏着地板的声音响起，而后这声音便在小会议室的门口戛然而止。穿高跟鞋的人朝里张望一下，并没有谁和紫鑫打招呼，她们只是出于好奇，探视一下究竟是谁在里面，当气质典雅的一张生面孔出现在她们的视线里时，她们马上就避让开来，于是，离开门口那"蹭蹭蹭"的，颇为规律的脚步声便再次响起。

紫鑫在整理着自己的采访笔记，一时间，忘记了自己身在何处，走廊上独特而颇为响亮的声音也听不见了。

过了好一会儿，在16开本的5个页面上，初步完成了此次访谈的分主题、分章节的工作之后，海鸣鸣才又回到了小会议室。

见面时单刀直入式的谈话，来不及留意她的穿着，紫鑫这才打量起眼前的海鸣鸣来。

天气越来越凉，海鸣鸣一身蓝灰相间横条纹的长款连衣裙毛衣，配上一双流苏款的黑色小短靴，时尚和休闲的味道兼具，颇有海派的意韵。紫鑫很喜欢她的这身行头，这哪里是这个小城里，随随便便的一个囡囡就可以穿得出来的派头！

海鸣鸣见紫鑫正在用赞赏的眼光看着自己，一点点的含羞，一点点的忸怩感觉，让她试着把两只手分别放在双膝上，随即又把它们反剪到了背后。

紫鑫扑哧一声笑了，赶紧说："不好意思啊，是您的连衣裙太好看了！"

"是我自己织的,听课程录音的时候就戳上几针。"海鸣鸣莞尔。

是啊,紫鑫并不是介意自己久等的手足无措,反而是对她的手工成果赞赏有加。

女人生来就是一心二用的动物,眼前的这位海鸣鸣想必也是如此。

紫鑫曾见过英国教授的太太一边做饭,还一边给孩子换衣服,又得给他们这些到访的学生冲咖啡,端上曲奇饼干的情形!

"我们谈到哪里了呢?"海鸣鸣憨厚地笑了笑,右手捋了捋头发。

"说到了您在北京学习的事情,单位催促您回来。"紫鑫轻声轻语地提醒她,并冲着她微微笑了。

"嗨,一打岔,就不知从何处说起了。后来,我就回来了,前思后想的,我不能丢了工作,我还有养家的义务呢!还有,单位对我已经算是非常开恩的了,不过,他们知道,我是在做一件好事儿。有人劝我辞职,专门做帮助妈妈们的事情,可是我觉得自己能力不够,越是接触顶级的专家,就觉得自己的差距越大,我真的是没有胆量像来同桐学校里讲课的专家那样,收着钱,让人前呼后拥的,还误人子弟。呵呵,我们从小就被教育要做有良心的人和事。"

"有良心的人做有良心的事!"

"是的。"

"后来呢?"

紫鑫的提问刚出口,就觉着后悔。作为媒体人采访你的受访对象时,对于不明就里的提问是相当忌讳的,这等于你对采访对象失去了控制,那些信马由缰地、不假思索就向着你的采访对象飞驰而去的话语,往往会给自己和被采访的当事人带来无法预料的后果。

所以，你不如问她你从北京回来之后，是怎样开展"妈妈会"的讲座和活动的？顺利吗？难吗？在北京学习的最大收获是什么？

引导着人的思维往前走的大智慧，如同甘洌的清泉，当它从人的身边静静流淌而过的时候，会让人不自觉喜爱，而又毫无顾忌地尊享。

"先是把我自己学到的东西和大家一起分享，遇到我不懂的，就联系北京的专家，向他们请教，也请他们来同桐做讲座和交流。"

"这样做之后，大家的收获很大吧？"

"是的，原先犹犹豫豫的妈妈们都来了，有的还带着婆婆和丈夫一起来参加我们举办的活动。"

海鸣鸣掩饰不住自己的喜悦神情，声音里都带着一种自豪的味道，那是当初在春天播种下了种子，胆战心惊熬过夏日酷暑和避开冬季无情的雪葬后，暖暖的情愫在升腾。毕竟，对于海鸣鸣希冀的成长和树立的理想来说，这茬"庄稼"的茁壮成长，相较它的同类，起码延迟了一个季节。

"当然，收获最大的应该是我吧！我成了大家的主心骨，得到了信任，明白了很多的道理，心里越来越敞亮。原来啊，要妈妈们心胸开阔，这只是要做的其中一件事，妈妈们需要进修和成长的修炼是系统性的工程。"

海鸣鸣的声音里带着思考，这种思考让她的眼睛里放射着耀眼的光芒，紫鑫能够捕捉到这一束束智慧之光的魅力，她们之间彼此加深了解的这款神秘思索的催化剂，正在发生作用。

"您提到的成长和系统性工程，我很感兴趣，说实在的，我们先前的谈话,让我为您捏一把汗,因为我知道,您是在做改变人的工作。如果一个人的思想不改变的话,您所有的用心和努力,都无济于事,何况,'妈妈会'的成员绝大多数是在当了妈妈以后,遇到了无法应对的育儿或是教育难题,才来寻求解决方案的。"

"你说得对,我开始不懂得这个道理,光是凭着自己的一头热情,就像专家们形容妈妈们那样,稀里糊涂当上了妈妈,又无知无畏,做了无数的傻事,那是神仙也没有招数的事情。你知道,妈妈们无知得厉害,所以也固执得厉害,她们不撞到南墙是不肯回头的。我的水平不高,又不能当骗子,呵呵,是没有当骗子的能力吧。"

海鸣鸣笑了起来,似乎这样,她心里的那些个憋屈才会真正逃遁。

自嘲的海鸣鸣,是一个善意而阳光的大女人。这个大女人,远远不是江南小女人裹着三寸金莲,"滴哷滴哷"走着,只知娇媚,而不悟身边的文明社会是个什么样子的旧态。

"其实,我心里一直有苦衷,"海鸣鸣微微低下了头,迟疑了片刻,便向紫鑫敞开心扉,"我们为什么就找不到一所培养妈妈的学校呢?这样那样的学校一大片,混日子的老师和学生在混日子的学校里照样走得下去,但是,就没有人肯来办一所妈妈学校吗?还有,为什么没有专业的人来做这件专业的事情呢?"

海鸣鸣的声音不是从她的喉咙里发出来的,是从她的内心深处有感而发,穿越了肌体本身的生理结构,和许许多多的担当民族大任的仁人志士如出一辙,所以,听来格外真诚,也能让听者感受到她对心中所想格外有期许。

事实上,人们习惯于议论和探究一些社会现状和现象的事情,采用的方法往往是发牢骚和释放负向的能量,这使得本来就糟糕的事情雪上加霜,问题一点儿没有得到解决,反而心态坏了,温暖的阳光被藏到了糟糕情绪的乌云背后。

"如果您真的期待我的答案的话,那就是您的爱心!您有爱心!没有爱心的人和社会是做不了这件事情的,我们有时候对某些事情太过刻意的话,会走极端。妈妈学校里要学习的东西其实是贯穿在一个女孩子长大成人的全过程中的,其中包含了社会教育、家庭教育和学校教育的方方面面对她的塑造,您同意吗?"

紫鑫的话语刚落,海鸣鸣就拿出笔记本来,看得出,她努力记下紫鑫所言,像一位谦虚的小学生,一脸的虔诚和纯净,充满对未知世界的好奇和探索之心。

"不好意思啊,我是在喧宾夺主了!"紫鑫友好地笑笑,随即起身为海鸣鸣和自己添加了茶水。

"可是我们的妈妈们太可怜了!"

海鸣鸣不无感慨地说,她所看到的、听到的妈妈们的左左右右,前前后后的故事,每一桩都很让人揪心。当然,如果你视而不见听而不闻,这些事情就像是水过鸭背般,就随着时间的流逝而逝去了。

可是,受害者除了母亲,还有孩子呢!

海鸣鸣在追逐着用爱心编织起一所学校的梦想。此前,她执着于具体的事物,忙得浑身是劲,总也做不完,可是,渐渐地,她在勤于思考一些原先根本没有能力去想的事情了。紫鑫的到来,为她捋顺了,不,应该说是清理了一些粗粗咧咧横亘在她作为"妈妈会"创始人和管理者头脑里的枯枝败叶,同时,也为她剔除了某些心理上的隐忧,毕竟,紫鑫毫不犹豫地站在了支持她的这一边。

窗外,深秋的江南雨只是轻轻巧巧地抚摸了一下大地,旋即又吝啬地回到了它的原乡,不过,些微感觉焦躁的人们倒也一下子变得头脑清醒起来,身体爽快的感觉如受过春雨的沐浴一般。大自然就是这样张弛有度地调节着气候的变化,让人无法不依恋它,顺从它。

秋风不容商量地聚拢在窗外,又避过几乎变得脆生生的枫香树叶的遮挡,飞进了小会议室,不经意间和紫鑫撞了个满怀,她不禁打了个寒战,向着这猛然间到来的一股风寒示弱了。

真冷啊!

时近中午了,紫鑫提出请海鸣鸣去吃点便餐。

这会儿,沉浸在谈话里的海鸣鸣,方才有了时间的概念,拿出手袋里的手机,看了看时间。

已经是下午1:30分了,5个钟头的时光不知不觉地就过去了。

"实在对不起,来不及请你去午餐了。刚才妇联通知我说,下午2点有邻市的女干部们来访问,要我在交流会上发言,讲讲我们的'妈妈会'。我一再说有北京来的客人,让人家的采访做到一半不礼貌,我能不能不参加了,她们不同意我请假,你看怎么办?原以为周末的时间,我们可以一直聊下去的,有机会和你聊,我很兴奋的,你给了我很多的提醒,我也要请你给我当当参谋呢。"海鸣鸣一时没了主意,声音里带有掩饰不住的慌张,她的脸都涨得红了,"如果邀请你一起参加我们的活动,你愿意吗?"她突然提出了这个看似两全其美的办法。

"这是妇联的活动,方便吗?"

"我马上打电话问问。"

只是一会儿的工夫,像是变魔术似的,有系着围裙,戴着帽子的餐厅服务员模样的男青年送来了两人份的火腿三明治加奶茶,同时,海鸣鸣为自己手机的通话收了线。

"慢慢吃,时间充裕呢,才发了微信,就送来了,今天好快啊,对了,我已经和张主任说过了,她很欢迎你参加下午的活动呢!"海鸣鸣有点语无伦次,但看得出来,她对人的真心实意。

紫鑫完全按照她的意愿去做,是为了不仅从心里,更是从行动上支持她。

如果是自己来做这件事呢?会有如同海鸣鸣般的勇气吗?尽管看起来自己的文化素养颇高,可以整合以及利用的资源也远远比海鸣鸣更多……

微雨和薄云散去,太阳明晃晃地照射进每一寸可以到达的地方。当邻市的妇女代表团来到市妇联的时候,同在一楼的朝南面的电梯间展示栏和大会议室,都溢满了淡淡金黄色的阳光,这派温馨的情致,为东道主增添了好客的色彩。

紫鑫听到一声声啧啧的赞叹,一次次窃窃私语地在感叹着的交流,看到一回回对着展示栏拍照的各式动作,一遍遍对着海鸣鸣投来的钦羡的目光。

这个活动,看似家常便饭般的你来我往,如果缺少了海鸣鸣,缺少了她的"妈妈会",还会这般夺人眼球吗?

果然,当妇联的张主任致过欢迎辞之后,海鸣鸣当仁不让地占了主角，她的介绍情真意切，竟然没有一点点的矫饰。虽然逻辑上显得有些前后混乱，语言啰嗦了些，但是，对于一个半路出家，不拿稿子就敢于上到讲台的人来说，就足以让人大跌眼镜了。何况，她只是一位业余选手，每天都得按时上下班，还要做着制药厂机械化流水线的检测和修理工作。

对了，她是怎样教育她上小学四年级的女儿的呢？她有时间来陪伴她吗？

紫鑫暗自思忖。

一阵掌声噼噼啪啪地响起来。

当海鸣鸣说到她创立"妈妈会"的初衷是想通过学会教育孩子，让做妈妈的女性进步，再加上一些改变。因为妈妈们基本上都不会做妈妈，包括她自己，比如她丈夫说的，自己的心胸甚至没有孩子的宽广……这时，这些几乎都有做妈妈经验的人，再也控制不住她们的含着羞赧的激动心情了，有的人开始低声啜泣，有的人在暗暗地抹着眼泪。

后来，紫鑫又和海鸣鸣约见了一次。

她们坐在西郊一个栽植着成片的樟树的公园的塑木长椅上，俨然老朋友一般，促膝长谈。

女人之间一旦有了某种基于理念上的共鸣后，种族、肤色、语言、年龄等，都会成为被友谊忽略的东西了。

她们之间只要是都能够摒弃肤浅、虚荣和琐碎的低俗特质，这种同性之间的友谊也会很长久。

女人天性敏感，所以较之男性而言，她们更相信彼此第一次见面时的感觉。

紫鑫和海鸣鸣的相处也不例外。

细心的海鸣鸣从家里为紫鑫捎来了下午茶。

"你在英国喝下午茶很讲究吧？我这样弄很土吧？"海鸣鸣一边拿出她的小巧精致的茶具和曲奇饼干，一边说着。她还带了个大大的保温壶来，壶柄的背面贴着一张像是她女儿画的一张漫画，上面是一个小女孩端水给妈妈的画面，图画右上方的空白处写着：请多喝水！

"我在英国留学，过的是学生生活，一点儿奢侈都没有，从超市买来的小点心和茶包什么的，就是上好的下午茶了。"

紫鑫笑言，想起自己这个地地道道的北方人，好像压根儿没拿下午茶当回事儿，不知道一边看书写作业，一边往嘴里胡乱塞进甜饼干的坏毛病，算不算是一种颇有风格的下午茶呢？

不过，英国超市里品类繁多，让人目不暇接的各式饼干，养眼好吃，价格合理，倒也是让自己很怀念的，很多亚洲留学生回国，都买成箱的饼干当手信，这是事实。

迎着微微带寒意的秋风，海鸣鸣请紫鑫享用她的心意下午茶，并和紫鑫谈起被选为"十大妈妈"的起因。

原来，海鸣鸣从北京回来以后，在"妈妈会"里搞了一次"找出妈妈的十大优点"和"找出孩子的十大优点"的亲子活动，这个活动引发了许许多多让人意想不到的事情。于是，有趣的故事就被当地的电视台给捕捉到了，这样，由于媒体的推波助澜，一时间，这又成为了同桐街头巷议的奇闻趣事了。

在小小的同桐市，仅仅是限于"妈妈会"的会员和其孩子来参加的这次活动，像风儿传送的种子一般，恣意飞翔，降落在连自己都不知道的地方，而后，自自然然地打破了神秘，成为妈妈们津津乐道的谈资。于是，知道消息的妈妈们，便闻讯而起，参与的热烈程度绝对不亚于其正式会员，这种违反参赛资格的行为，让人欲罢不能，苦不堪言。

海鸣鸣所有的心思和业余时间，都扑到这件事情上了。

"原来是无知无畏，这回可就是无知才无畏。你知道吗？我真的没有能力掌控这种局面，就想了一个办法，把妈妈们和孩子们的来稿分类，先是按照回答问题的多少来分，然后就在各类里挑出正能量的答案，一步步推进，像是我们车间的流水线作业。"海鸣鸣好像回到了当初竞赛活动的场景里，用言语回放着那让人揪心又充满了好奇和激动的一幕幕，随即，终于为剧情得到的合理发展，松了一口气。

"很有意思，有的妈妈们根本找不到孩子的十大优点，反而说的都是缺点，有的则是找出来满满的十大优点，我说满满的，是因为她们写了超过10条。孩子们的情况就让人感到震惊了，越小的孩子，哪怕只有4岁的，已经找得很好，可是，一旦轮到高中生或是大学生的大孩子们，几乎就看到妈妈一到两个优点，有的甚至连妈妈的一个优点也找不出来。"

从这个案例中，紫鑫看到，妈妈们实在是不讲原则，没有规则观念，想怎么做就怎么做的一个群体。她们对违规没有丝毫概念，不知海鸣鸣是否发现了这一点呢？

当她们面对法律的时候，也会是这样的吗？紫鑫的心里，陡然一紧一缩的，于是，不敢再上纲上线，往深里想了。

孩子们在传统公立学校接受的教育时间越长,似乎变得对几本教科书和考试以外的事情越默然,木讷讷的。他们几乎看不到母爱之光了吗?对人类最宝贵的资源之一,伟大妈妈的情感,在孩子时期,就变得寡寡淡淡,如一盆清水了吗?对妈妈的爱正在逐步丧失掉吗?还是视而不见了?

那他们还爱社会吗?

还有感恩之心吗?

紫鑫依然不敢深想,顿时感到心情沉重。

时间,对两个女人来说,随着讲不完的话语和思考,变作一股清泉,悄无声息地从身边流淌。这一次,它们一定不是去了那曾经涉足过的河流,一定是跑到未知的远方去了。

海鸣鸣同意把"妈妈会"举办的这些相关活动的统计数据和结果与紫鑫分享,这和当初几位"十大妈妈"们恪守的"攻守同盟",有着天壤之别。

紫鑫所在的 WS 公司,要把这些有用的资料上报国际基金会,将来会有相关帮助女性的项目落地同桐,因为国际基金会想了解就要开展的妇女援助计划的真实需求,帮助妈妈们实现梦想。

听到这些消息,海鸣鸣的心里翻涌起一股股的热浪,眼圈红了。

"听说,您要调到妇联去工作?"紫鑫关切而又友善地问。

"她们一直有这个想法,说来到妇联,我的'妈妈会'的理想就实现得更快了!"

是吗?如果海鸣鸣到了妇联,要么她会被淹没在繁杂的琐事里,要么她从此不知道"妈妈会"该怎么做了!

紫鑫终于还是忍住了她想提给海鸣鸣的思考建议，因为自己的一面之词，是否也是心胸狭窄的表现呢？

"您一直没有告诉我您当选为'十大妈妈'的原因呢，是因为您创立了'妈妈会'吗？"

"可是，我从来不记得自己是'十大妈妈'啊！"

太阳快要落山了，她们以牵手礼在公园门口告别。夕阳的金辉，把她们的微笑映衬得格外迷人。

七、自强女人最好命

毛夏夏带领的由国际基金会妇女问题专家和两位志愿者组成的团队，他们走到哪里了呢？原先说是十五天到达同桐的。

紫鑫连忙翻查那个乔一发来微信的日子。

好在他们才出发了五天，怎么感觉似乎度过了十五天呢？

毛夏夏亲自带队来，除了给自己这枚新人鼓鼓劲儿以外，还有什么其他重要的工作吗？为什么他自己从来不直接和自己联系呢？

是他的工作方式使然，还是让紫鑫尽情发挥自己的工作能力和潜力，不予设置无形的障碍？

至于乔一所说的那个"准男朋友"，完全是为了逗紫鑫开心而已。这个乔一，早就琢磨着 WS 公司作为一间有创造力、充满活力的公司，年轻的老板毛夏夏可别被什么所谓颜值高的风骚女子给算计和暗害了，一旦他被低俗的女人钓上了钩，公司大好的前程就可能被葬送了。再说啊，果真如此的话，军心必开始动摇，人心必涣散，一个个精英志士挥别而去，惨不忍睹……

乔一就是这么热情饱满地为她所喜爱的公司操着心，为年轻的创业者毛夏夏操着心。

一次，她索性就悄悄怂恿紫鑫去追求毛夏夏，一本正经而又拿出了自己少有的认真劲儿，说什么只有紫鑫才配得上他，千万别让她预测的那个噩梦发生。所以，这次她称毛夏夏是紫鑫的"准男朋友"，也就不足为奇了。

正值花样年华的紫鑫，对爱情的渴望自然是牵动她每一个细胞的青春常态，被乔一这么往恋爱事件上推揉着，心里难免不泛起阵阵甜甜的涟漪。不过，对待恋爱之事，她从来都是保持少有的镇定和矜持，不管对方是否和自己已经是互为干柴烈火，她都可以冷眼旁观，而后才会渐渐为之动情，过往仅仅有过的一段异国情缘，让她自己也更加了解了自己。

毛夏夏吗？紫鑫摇摇头，笑了笑，脑海里出现的竟然是乔一丰满的胸部和她向着自己挤眼睛的俏皮表情。

同桐真正的深秋来了，虽然早晚一天比一天凉，但映入眼帘的季节色彩也是一天比一天浓烈。树叶呈现了它们一年之中最斑斓美丽的颜色，立体而又豪迈，好像从来不曾知道，如果一场疾驰的秋风掠过，一场冷雨降临，阡陌的缤纷的主角们，就要退场，谢幕后的凄凉，就要上演！

由于访谈工作进展得颇为顺利，近几天，紫鑫的心情颇佳，每每回到青年旅社，还会给前台那个长不大的小丫头带点好吃的，话梅啦、饼干啦、鱼干啦什么的，搞得小姑娘好像一个犯了错误又得到原谅的小学生似的，嘴上说不客气啦，手倒是伸出来就接着了。

紫鑫不时哼唱着英文歌，歌声不时在洗手间或是走廊里泛起，惹得和她并肩或是擦肩而过的住客屏息静听，因为，歌声在不知不觉中会由小变大起来，唱着唱着，她就忘记了自己身在何处，满脑子里就只是专注于唱歌这件事情了。

前台小姑娘也是越来越喜欢她，本来嘛，举止落落大方，又是时时含笑的紫鑫本就让人亲近。再有啦，紫鑫每每会在旅社的大厅里转来转去地盯着墙上的陶瓷艺术品欣赏，看了好多遍也不厌倦的样子。和许许多多的，忙忙碌碌进进出出大厅的，就连头都不舍得抬一抬的那些人一点儿也不一样，老板花费了不少心思和投资布置这间旅社，好像都是为了她的赞赏和喜爱才这么做似的。

接下来，紫鑫就要访问第五位"十大妈妈"了。

有了之前的探索和经验，她对以后的工作充满信心，尽管马明月、林帆和汪琳琳都还没有明确表示，可以将她们的访谈内容公诸于众，或是要 WS 公司和她们签署一个保密协议，框定一些相关事宜，但紫鑫明白，她们能够向她敞开心扉，把她当做可信赖的人，这已经是很了不起的事情了。她相信，还需要一些时间，她们就会渐渐同意她的计划。当然，紫鑫也想到了有保留地公开信息以及保密方案等。

第五位"十大妈妈"叫李艳娜。

如果是人如其名的话，她应该是一位婀婀娜娜的、娉娉婷婷的、光光鲜鲜的妈妈，还应该带着某种活泼和俏皮的性格特征。

她和紫鑫约定在城市的西南方向，离开市区 30 公里的郊外，一个叫作天星的小镇上见面，而且，还找了一家当地有名的茶馆。

从旅社出来，转了两次公交大巴车，一个小时左右的时间，也就到了。

天空中一片云彩也没有。

上午 10 点的太阳，像一个圆圆滚滚的火球，孤单地高悬在淡蓝色背景的天空上。天气可远远没有想象中的那么热辣，和隔着车子的玻璃窗看天上那红红火火的炽烈架势，可谓大相径庭，毕竟是深秋了。

相约之时，紫鑫问她为什么要来这个地方见面？您不是住在城里吗？

对方回答说，你来了就知道了，这里有一片茶园，出产的茶叶和正宗的西湖龙井茶有得一比，老板娘是个厚道的爽快人，很好客，总之你来了就知道了，再说了，中午我们可以一起喝点红酒⋯⋯

倒像是一场老友相见的邀约，不由分说的样子，紫鑫觉得再细问下去，显得有些不礼貌了，也就恭敬不如从命了。

初见李艳娜，觉得和报纸上"十大妈妈"颁奖礼上的照片出入不小，对了，她比照片上丰腴了许多。

果然是品到了醇香扑鼻的、晶莹透亮的上好绿茶。由于是自家手工制作的原因，叶片大小不一，当然，这丝毫不影响茶本身的色香味。

果然是一位笑脸盈盈的，让人一见就有亲切感的茶社老板娘，也许，人一旦丰满起来，就有了慈祥的模样吧！

"你们慢慢谈,还需要什么就随时告诉我。"老板娘嗲嗲的声音刚落,人也飘然地从包间门垂挂的珠帘子间闪了出去。紫鑫这才发现,一个大大的水果拼盘,还有盛装着各色坚果、曲奇饼和沙琪玛的几个玻璃盘子,就快要占满面前藤编的小茶几了。

"我们一边喝茶,一边吃,一边聊,千万不要见外,天凉了,先喝杯热茶暖暖身子。"李艳娜温柔地说着,话语中主人般的关切,让她们两人之间的距离感消除了大半。这是紫鑫所希望的,说明她对她有了一种不介怀的真诚。

"这里离我们市唯一的一所监狱不远,下午我要去看望我的丈夫,就是人们常说的探监,要给他带些吃的用的,所以就选了这里。不过,虽说同桐城里的小溪也挺有灵气的,可是这里的山清水秀就更加让人喜欢,才30公里的路程来这里,很值得的,是吧?"李艳娜不紧不慢地说着,她对这里风光的介绍似乎要冲淡对方理解"监狱"的惯性的沉重心理。

"是啊,没有想到,市郊有这么个好地方,您看窗外,一层又一层绿油油的茶园,柳树下,还有几个连在一起的池塘,里面一定有不少鱼呢!"紫鑫顺从着李艳娜的介绍,赞赏地说。她准备遵照自己一贯采用的,不宜喧宾夺主的方式,来使谈话的对方释放压力,从而使之更能够掏心窝子说话。

"这里,以前是我买下来的地方,三年前,债主催得紧,几乎是要住在我们家不走了,好像要出人命了。为了帮我丈夫还债,就三文不值两文地卖掉了这个地方,茶园、水塘,还有这栋小楼,前面的花园和停车场。当时几乎是下跪求了人家,人家才来买的。现在,高速公路一通,这里一下子就旺了起来,你给她原先三倍的价格买回来,老板娘也不一定舍得卖了呢!"

李艳娜平静的叙述,倒是让紫鑫的心里泛起了感伤的波澜。

也许,这些经历,这些艰难困苦的日子留下的沧桑和伤痛,都埋在了她的心底,似年久日深被忘却了某种藏在地下室,或是被人忽略了的角落里的一本旧日记般,丢失了其当初的价值。还有,她的额头上以及眼角处,那些与她的年龄不相符合的一道道颇深的皱纹里,一定是掩埋着某种常人难以理解的苦难的果子的。

她长着老实人才有的那种厚厚的,但又是灵巧感十足的嘴唇。这样的两张稳稳重重的叶片,原本是不善于言辞的,但时下的她,要用她的所有武器为家庭而战。

单单是监狱,债主,卖资产还钱,故事还没有展开,就让人浮想联翩,同时,又让人不禁为她献上了深深的同情之心。

这块原本是属于独具慧眼的她的资产,现在,眼看着这片繁荣的天地,在别人的怀抱里蓬勃发展,就连初冬的气候好像也影响不到这里的茂盛之风景,她从主人到过客的心情,会是怎样的呢?

也许,李艳娜并没有失去什么,至少,她让接手的买家致富了,自己还可以常常到这里来,亲近山清水秀的自然,在和老板娘姐妹般的关系上,也看得出她善意,她心胸开阔的为人处世风格。

这也是另一种人生价值的写照吧!

"如果你愿意,我们中午就在这里吃点生态菜,还有池塘里的小鱼,微微油煎一下,味道也是特别鲜美的!"李艳娜一派主人家似的安排,紫鑫不由分说地轻轻点头。

她呷了一口茶,望了望窗外,此时,一阵颇为强烈但很清脆的鸟鸣声传来,她仿佛没有听到,便激动地说开了:

"每个月，我都会来这里探监，现在心绪平缓了很多，原先每次来，都有点心不甘情不愿的，心里很纠结也很苦，你可以理解的。一个大男人，关在监狱里，别说养家糊口了，你还得赚钱为他还债，照顾他年迈的父母亲，他的兄弟姐妹们还不时来要你帮东帮西的。你一个人要顾及许许多多的事情，而且有的事情你根本就没有能力做到，听上去，这日子真的是没法子过下去的，是吧？"

紫鑫和善地望着她的眼睛，这一刻，她能做的唯有如此。

"好在呢，我丈夫不是个坏人，他是个特别笨的老好人，脑袋一根筋，放着好好的机关科长的工作不做，非要去和社会上的几个小青年组建什么乐队，还是摇滚乐队，说是热爱摇滚的人就得去玩摇滚，音乐是他的生命。为了这个，他辞去了公职，不分白天黑夜地和那几个小伙子泡在一起，先是在我们家里搞乐队，写写画画，弹弹唱唱，蹦蹦跳跳，叽叽喳喳，后来吵得人不得安生，被左邻右舍投诉到市长热线那里去了，三番五次的，才不得已把个所谓的乐队搬到郊外一个农村的房子里去了。"

李艳娜说到这里，叹了口气，恰好丰腴的老板娘蹑手蹑脚进来，又送上了刚刚蒸出锅的一小盘紫薯，还冒着热气，并低声说："准备好了一袋紫薯干，放在楼下前台了，记得带去给你老公吧！"

"刘姐啊，你总是把我和客人当大胃王来招待，生怕怠慢我们，是吧？谢谢啦！"李艳娜看着满茶几的各式食物，笑盈盈地回敬了谢意，但并没有提及她的老公。

"我们接着说吧，"李艳娜扭身从手袋里拿出长长的皮革钱包，翻出夹在里面的相片给紫鑫看，"这就是我丈夫，有点像是一个长不大的孩子吧？"

其实，紫鑫倒是觉得照片上怀抱吉他的男子，横看竖看都像个搞艺术的，就是因为那激情的眼睛和那一头蓬松散乱的长发吗？

"他们搬到村里去了以后，也可怜，一群男人，吃的用的都在凑合，原先我还给他们做做饭，洗洗衣服什么的，我说给他们找个村里的女人来给他们做饭洗衣，他偏说不要，嫌麻烦，还和我开玩笑，说是哪个小伙看上大婶了怎么办，人家把小伙子带回家去，乐队不就搞垮了，说得是有板有眼的，让人又急又好笑。可是，我后来才知道，他作为乐队的头头，根本就付不起钱请人。你想啊，几个大男人，成天在一起埋头练来练去的，没有收入，全靠着我丈夫那点可怜的积蓄生活，能维持多久啊？"

李艳娜怅然若失地说，随即皱了皱眉头，表情有些麻木；无可奈何花落去的惆怅，分明已经写在了她的眼睛里。

她劝紫鑫多喝几杯香茶，可解秋燥，自己也是一连三杯，爽爽地，快乐地，像是夏日劳动后喝着解暑的酸梅汤的陶醉的样子。

"听说茶也会醉人的，是吗？"紫鑫打趣道，也想用这样不关痛痒的打岔，来减轻些看似愈加沉重的对方的心情。

"会的，尤其是你心里有事儿压着的时候！还有就是几种茶混着喝，又不吃东西的时候！"李艳娜笑了，从她微微含羞的笑容里，让人猜想她一定有过茶醉的经历。

紫鑫缄默了，没有再接过话茬。

"不过，今天中午我带了葡萄酒来佐餐，即使是喝茶喝得醉了，也不要紧的，葡萄酒会帮助我们解茶醉的。"李艳娜想起了自己带了葡萄酒来，这算是一种提醒吧，很多时候，带着酒，到了吃饭的时候，又忘记喝了。毕竟，人们并没有养成喝葡萄酒的习惯。

虽然是第一次听说葡萄酒可以解茶醉,紫鑫也没有再追问什么。

她们都又喝了几杯香茶。

"后来啊,他们快连土房的租金也付不起了。开始的时候,小伙子们说他们回家要钱,有的说上山打猎,或是去酒吧里唱歌,起码可以填饱肚子……可是我老公觉得这些都不是真功夫,做不得,去酒吧唱歌还有得谈,但是功夫不到家,同桐巴掌大的地方,总共也就那么几间酒吧,万一遇上熟人,也折不起面子。他又是带头的,所以,他倒是一马当先想办法了,他回家来,剪了头发,换上了干干净净的衣服,就找亲朋好友们借钱去了。朋友们几乎不知道他辞职了,只是多日不见,他又说是我看上了一处房子,非要他筹钱买,就差这么几万块钱,公务员工资不高,老板们先帮助一下,到了年底发了奖金就还钱,借钱不过年,说得大家二话没说,就慷慨解囊了。"李艳娜的表述能力不错,这和她后来在商场上得到的锻炼有很大的关系吗?

紫鑫大约猜到了故事后面的发展轨迹,似乎这是一个普遍的规律:灾难往往开始于欺骗。

"到了年底,他还不出钱来了。可能连他自己都没有想到的是,其中的一个吉他手得了病,又误诊,折腾来折腾去,住院治疗就花去了他借来钱的大半,原本的美梦破灭了。后来,这个可怜的年轻人被确诊为白血病,要到大城市医院换骨髓,家里又很穷……"李艳娜如鲠在喉,眼圈红了,她下意识地紧紧抓住布艺背囊的背带,扁扁的麻布带子似乎拴着她伤痛的心,她得捏碎它。可是,这不仅捏不碎它,也扯不断它。

紫鑫为她添了茶,为她递上纸巾,轻轻摸了摸她的手。

奇怪,李艳娜的这双人们常识里认定的,备受羡慕的,有福气的,柔柔软软的,肉乎乎的手,会和不幸的遭遇紧密相连。

"快过年了,我手里拿着一沓子复印的借条,借条写得就连律师也挑不出毛病来,除了借钱的数额,连本带息的承诺,他的身份证号码,工工整整的签名都在,债主找上门来了,原先的客气一扫而光了。他呢,连人影子都找不到了,原来,他带着几个小伙子,开始去偷东西了,还去超市抢劫收银机,策划着要去抢银行呢,完全不上路子了。有一回,我去村屋找他,被债主们看见,就把我给锁在破屋子里,逼我还钱,后来,我和他们隔着木门,讲清楚了这桩事情,告诉他们,我锁在这里,就是死了也还不了钱啊。第二天清晨,在我快要被冻死的时候,发现门开了,就不顾一切逃命,现在说起来像是讲故事一样,不,这本来就是故事吧?"

有入口回甘的香茶,有深秋的蓝天白云,有窗外层层叠叠,毫不知道冬意,依然是绿色满盈的茶树,有老板娘的盛情款待,面对接受这场访谈的她,必须要回到过去事件里去的事实,这让紫鑫的心,在沉重中又不时地需要透进来新鲜的空气,否则,心中的憋闷感,无以释放。

回忆和现实的场景之间,有没有虚实的差异呢?

使人倍加感觉痛苦的,是作为当初的角色,正在经历着的种种前路未卜的事件,还是时过境迁之后,揭开过往真相时带来的煎熬?

"后来,他被抓了。"李艳娜的脸色似乎一下子暗沉了下来,她的名字里,那个永远都不会被染上悲情色彩的"艳"字,这个时候,也扛鼎不住那天降的哀伤。

好在,故事的发展基本上在情理之中。如果在她丈夫被捕之前,又出了什么乱子,让李艳娜雪上加霜的话,她还能顶得住生活的重压吗?

"您曾经是怎么劝他的,您预料过事情的发展吗?"紫鑫终于直抒胸臆了。

"先是就事论事地对付吧,整天在惶恐中度过,后来光是这样的话,事情是躲不过去的了,就开始认真地想办法了。我劝他?他的性格很倔强,平日里又有些松松垮垮的,不是一个很认真的人,有些性格上的矛盾吧,所以,我简直就是没办法,加上我也没有什么大道理可以和他讲,他不成熟,这是越来越感觉到的,所以,事情才一发不可收拾了!"

她顿了顿,不自觉地拿了几块曲奇饼干,一块又一块地,接着往嘴里送,这完全是意识之外的行为,饼干里的味道她一定品不出来。

"那么,问一个私密的问题,你们的孩子呢?"

"我们还没有孩子呢。"她充满遗憾地叹惋着,比先前的语调低沉了些,马上又接着说,"不对不对,我们有过一个孩子。他被判刑五年,还大大咧咧地对我说,他会好好表现,一定会减刑的,还说他进了监狱,就不再会给我添麻烦了,他要在监狱里组建一个'摇滚乐队',因为他有好多的话要说,要呐喊。本来,我想告诉他我怀孕快三个半月了,你好好地在里面表现,我和孩子一起好好地等着你出来,将来咱们从头开始,会有一个好端端的家。可是,听他这么一说,我的心里一个劲儿地发紧,他还是没成熟,不见长进,于是,我一个人想啊想啊,最终还是去医院做了人流手术,一了百了,觉得留着这个孩子是个负担,一点意义都没有。"

"那您没有后悔过吗?"

"后来,好朋友们都问过我这个问题,毕竟女人嘛,有了亲骨肉在身体里,感觉还是不一样的,谁也不情愿随随便便就这么样残忍地去结束一个小生命,那是没有办法的事情。也许,那个时候,前前后后的,想得太多了吧!"

"那为什么您会当选'十大妈妈'了呢?"

"说来这就是老天爷的安排了。"

"您相信命运吗?"

"还真没有认真想过这事儿呢!发生了,就信;没有发生,就不信。"

"其实您是个乐观的人。"

"算是的。"

"您领养了孩子?"

"学问高就是好,你说对了。"

"为什么这样做呢?"

"其实,这也是偶然的吧,有一天,我去送货,路过孤儿院门口的时候,正好租来的小货车在那里抛锚了,于是,我就下来帮着司机忙乎。这一忙乎不要紧,正好大中午的孩子们刚吃好饭,在院子里面玩耍,大门开了半边,他们就挤在门边往外看,看我们在干什么,他们歪着小脑袋,叽叽喳喳的,很可爱。后来,我和他们打招呼,告诉他们我们的货车的轮胎坏了,在换轮胎呢,他们中间胆子大的孩子就友好地问要不要帮忙什么的。就这样,换好轮胎了,我们要走了,有一个5岁左右的女孩子突然跑出来,站在我的面前,问我你是谁的妈妈呀?她那个可爱的小模样,我到现在都记得。我回答她说是小朋友的妈妈呀,她就追问小朋友叫什么名字啊,一时间我感动得不行。后来,我就去了孤儿院,想为孩子们做点什么,后来我就开始领养孩子了。"这个经历对李艳娜来说,一定是个很愉快的经历。话语中,听不出她有一丝的勉强的样子,给人予希望的事物,比如关爱孩子,为他们做些什么,都是大人们乐意为之的,毋庸置疑,对到了做母亲年龄的女性来说,也是天性使然。

"您刚才说您在送货?"

"是的,渐渐地,该还的债也慢慢还清了,我就给一个朋友打工。他是做红酒生意的,看我很勤快,很会和客户打交道,就邀请我一起入股,我穷得叮当响,哪里有钱来入什么股。他就说他送我股份,这样,我的积极性会高,他也正好想找我这样的人来合作,我就成了一名小股东了。"

"看来你们的生意还不错!"

"刚开始的时候,我不懂红酒,做得不好,后来就开始用心学习,还去了上海培训,在同桐,我们公司做红酒,有点小名气吧,提倡健康的生活方式,有前途的。你知道,我们这里的人,有技术的东西不大会做,做小生意的人很多,也就是倒买倒卖吧,大都是算算账,有钱挣,就去做了,用不着学习太多东西的。"

"您现在是懂红酒的人,怪不得您带了红酒来,是您公司代理的产品吗?"

"懂一点吧,带了这个月的促销产品来给你尝尝,是来自澳大利亚的红酒。"

"很多人都喜欢新世界的酒吗?"

"到底是喝过洋墨水的,我和别人一说新世界旧世界的酒,他们就嫌我打官腔,我也好笑我哪里来的官腔啊。"一谈起红酒,那柔媚殷红的液体,似乎是人情绪的最佳调节剂,一时间,李艳娜变得眉飞色舞起来,与刚才深陷痛苦回忆中的她简直判若两人,"呵呵,倒不是他们喜欢,你得直接告诉你的客户,这款红酒就是什么什么样的,怎么怎么好,他们相信你这个人了,这酒就能好卖了。说实在的,在同桐,真正懂得红酒的人没有几个,这是十足的洋玩意儿。"李艳娜继续说,这时,她完全是在和一位老友随心所欲地作交流了。

"您收养了什么样的孩子呢?"

"哦,起初是知道院里有犯人的孩子,就特别想关心他们,有的孩子父母亲一起被关进了监狱,又没有其他的亲人可以照料他们,比根本没有父母的孤儿要惨得多。但是这样的孩子,懂点事的,身上已经有不少坏毛病了;不懂事儿的,你要和他们讲实话,将来怎么办?好多的事情我想不清楚,也做不来,所以,最先还是领养了一个生下来就是弃婴,一直住在院里的女孩子,现在她6岁了,刚好要上小学。"

"你们相处得好吗?"

"非常好,朋友们都羡慕我呢,说亲生的孩子未必会有这么好。孩子很乖巧,嘴巴也甜,喊起妈妈来,尤其好听。对了,我还带着她去探监,她也大大方方去了,然后拉着我的衣角,怯生生地问,他是爸爸吗?我当时的回答是他如果在监狱里表现好了就是,表现不好就不是。"

"您是个女强人。"

"被逼迫的,哪个女人天生也不会是女强人。想想我被他的债主缠住的时候,不敢回家,还做过乞丐呢!"

"当时您怎么想?"

"不能死，得活着，有口饭吃先活着。"

"您向同桐的亲朋好友们求救了吗?"

"基本上被他得罪光了，也没有脸再去讨点什么了。"

"您真的很坚强。"

"必须的。也想过背井离乡去打工，离开这里，但是，时不时地，也要去看他呀，毕竟我们还是夫妻。"

"您做红酒赚的钱养孩子是没问题的，是吧?"

"开始是刚好够养活自己，别人卖不了酒不要紧，我卖不了就得饿肚子，所以不同。也奇怪，慢慢地，我的业绩最好，现在养自己和这三个孩子勉强够的。"

"三个孩子?"

"是的，继那个女孩子之后，我又去领养了两个。"

"他们也照样不错?"

"基本上吧，两个男孩子就淘气得多，有时候觉得精力不够。"

"您当选'十大妈妈'，是因为领养了三个孩子?"

"是我毛遂自荐的，我很想当啊，我还和评委谈过话呢，他们挺喜欢我的，不过，像我这样的妈妈也算个特例吧。我读书不是很多，但是胆子是大的，特别是丈夫被判刑入狱这件事，对我的影响很大，几乎是让我的生活完全变了个样子。以前，我就倒卖点小百货什么的，也和朋友一起开过街边的大排档，烧烤摊……唉，你说，我人又长得没有那么漂亮，当初能找个当公务员的丈夫，已经是命好得不得了了了，很多人都羡慕呢。公务员在大家的眼里，有地位，又有钱，都是人要去追求的对象，地位优越得很，好多人家花好多的钱走后门，也不一定当得上机关人呢!"

李艳娜口中的机关人，是同桐小城的说法。

　　也许，在这里，越是往基层走，看来有些公务员的素质越低，忘记为人民做事，忘记自己职业操守的所谓机关人越多。

　　也许，他们进了所谓的机关人的保险箱，加上本来就很低的素养，再被坏风气侵蚀着，那种低俗到骨子里的状态，往往连老百姓都看不下去。

　　李艳娜就和这样的机关人不幸而遇上了。

　　李艳娜为自己的命运感慨和叹息。紫鑫相信，现实根本没有给过她挽救命运的思考和时间，她不得不按照自身力所能及可以迈开的步伐往前走，好在，她没有退缩，也没有被打倒，这一点很了不起。

　　"没有生过孩子就当了妈妈，在同桐也不多见，往往是生活和别人不一般的人才这么做的，很有钱的人未必这样做呢！"李艳娜为自己解嘲。

　　"您后悔过吗？"

　　"没有时间后悔，每天忙得不得了，今天算是清闲，在这里喝茶聊天，还算是好吧。我没有使劲地向你推销我们的红酒，我得了职业病了，看见谁都想让谁买我们公司的酒，我很少浪费时间的，要赚钱养家，还要挂着老公，他出来后，我们也得有房子住吧！"

　　"您在教育孩子的时候，遇到过什么困难吗？"

　　"没有困难那是假的，先让他们吃饱，有学上，再立规矩，其他的事情多数他们自己管自己。"

　　"您是怎么样立规矩的？"

　　"比如说让他们心里要认我这个妈妈，还有在监狱里的爸爸，不许撒谎,不许偷东西,每天要干家务活 2 个小时什么的,回头你到我们租的房子里去看看吧,都贴在墙上了。"

"他们如果做不到怎么办?"

"先提醒,然后再惩罚。"

"怎么惩罚?"

"不许吃饭,穿脏衣服,代替我当妈妈干活什么的,我们也贴在墙上了。"

"您认为这样管他们,效果好吗?"

"现在比较好了。"

"你对他们有信心吗?"

"当然有,他们都是自家的孩子。"

"您觉得自己是个好妈妈吗?"

"我到'妈妈会'去学习了课程,收获很大,其实,做个好妈妈不难,看你懂不懂做!"

"'妈妈会'?"

"就是海鸣鸣办的那个,她也是'十大妈妈',不错的。"

"您学习后的收获是?"

"女人绝对不能做全职的家庭主妇。"

"为什么?"

"学习班里,我看最不会当妈妈的,基本上都是那些家庭主妇,她们在家待傻了,围着锅台转的人,是当不了好妈妈的。我妈就是个典型,她一边做小买卖,一边照顾家,不也是挺好的吗?否则我们姐妹个个都会是懒骨头呢,不过,她一辈子的遗憾,就是读书太少,只能做小商小贩。"

"不是有人说女人天生就不是来世界上受累的,要清闲舒服?"

"比如一棵树吧,它也要风啊、雨啊的都经受过了,才可以健康地站在那里啊!她们从来没有明白,靠别人靠不住的道理,丈夫也是别人嘛!万一他发生了什么事情呢,她不得跳楼去了?其实她们心里也是很苦的,我和她们聊过,聊不到一起的,她们说自己心里苦,只是会抱怨而已,根本不会想办法让自己心里不苦,这就是她们的悲哀了。可是,你就算是告诉她们了,也是没有用的,她们不懂的,这个都不懂,还怎么去教育孩子啊!"

"她们也许就想着如果生活一旦怎么样了,比如说是遭遇到了什么变故,还能改嫁,照样去过不愁吃穿的生活?"

"男人都不傻,封建社会的男人都想娶个有才华有思想的老婆呢,只是找不到,何况现在都用微信了呢!对了,要不当初蒋介石找个煮饭婆就可以了,干吗和宋美龄结婚啊?"

"也许人家还看着您风里雨里的,好可怜,她们庆幸自己在安乐窝里很幸福呢?"

"我不这么看,总之,得靠自己,心里才是甜的!"

"您说得真好!

"您同不同意这样一种说法,就是现今中国的妈妈们素质很差,所以孩子们的素养也普遍差?"

"全中国我不知道,看看同桐的妈妈,我知道的,素质高的不多,孩子的素质差的不少。你看吧,起码的干净整洁也做不到,公园里明明放着垃圾桶,但是妈妈们和孩子们都乱扔果皮、糖纸什么的,吃东西也浪费。你看公立学校的泔水桶,每天都倒得满满的,这是犯罪啊!可是,妈妈们从小不教孩子这些好的东西,也是做人最最起码的东西,她们已经把孩子给惯坏了,到学校就变得无可救药了。我小妹是个初中学校的老师,她常常觉得冤枉,因为是学校的学生在浪费粮食,可是,这个罪魁祸首是这些孩子的妈妈,家庭里坏了规矩的孩子,到了学校里全都指望老师,这太可笑了。煮饭婆的妈妈们身上,都有一个特别不好的毛病,就是贪嗔痴。"

"这可是三个毛病!"

"呵呵,是的。很多的老人家都说,现在的女子,家教不好,事情又不会干,自己懒,还不让孩子做家务,一早就把孩子给废了,你知道吗?有些家庭主妇,这么说吧,所谓的全职太太,连家务也是不做的,在家里待着养尊处优的,请了保姆在家干活的!"

"所以,您立了家规?"

"当然啦,这是起码的!"

李艳娜是一个性格鲜明的人,也可以说她很正直,有什么就说什么,用不着遮遮掩掩的。用她自己的话来说,就是活着不能再给自己添累了,如果一个人不豁达的话,得编出多少伎俩来应对现实啊,那样,会被活活累死的。

"开饭了,好吗?"交谈热烈和愉悦的两个人,被一个低低沉沉的、带着殷勤的女中音给打断了,原来是老板娘。

啊呀,下午1点半了!

带着饭后微醺的醉意,该和李艳娜告别了。

小屋外,植物们那灿烂的金黄主调,在初冬的季节里,还迟迟不肯落幕,一阵风儿吹过,池塘里便纷纷撒落了青黄杂陈的叶片,水面上泛起浅浅的波纹,也让人泛起淡淡的飘零心绪。然而,茶山上不知时节变换的绿色，依然在阳光下闪着油亮亮的光，让人感觉到四季之美那不真实的一面。其实，最最动人的风情画，原本就是大自然自己，任何摄影作品，以及那些我们的眼睛里、心里留存的画面，都带着假象。

告别了李艳娜，看着她匆匆赶去监狱探望她丈夫的平平常常的背影，消失在阳光下微寒午后的当儿，紫鑫登上了茶山近旁的另一座小山。

眺望远处，江南水乡的同桐，尚有一半未凋零的红叶映入眼帘，并不壮阔，但独具秀气，与那绿色的常青树和深黄色的银杏叶高高低低地站在一起，色彩斑斓地如同在梦里才出现过的美丽，诗意古韵的感觉扑面而来。这是自己从小到大，无数次观赏北京香山红叶时所没有过的感觉。

"江南的女子，如果她们能够多些文化和人文的素养，那一股股的灵秀之气，便也价值连城。"

紫鑫坐在驶回同桐的大巴上，心中充满了对妈妈们的、绵绵的怜惜之情。于是，无限的感慨便随之而来，萦绕心间。

八、两个"女儿",一个"妈妈"

丽雅姓张，但是她十分愿意别人称呼她"丽雅"，而不是"张丽雅"。原因是他们叫"丽雅"的时候，嘴巴会变成一条线，同时，一定是一个笑脸盈盈的人，在和自己打招呼。

谁不愿意看到笑脸呢！

记不清她自己是在什么时候发现了这个秘密的，谁喊"丽雅"，谁就只能是一张笑脸的模样，就像是照相时，人们都会喊"茄子"，于是，"茄子笑容"便瞬间上了脸。

而且，这个名字，听上去永远是个可爱的小姑娘的名字，长不大的人的名字，一个长生不老的名字。

丽雅在电话的一头，清清楚楚地告诉紫鑫，她的耳朵不好，有时候听不大清楚，所以，让紫鑫考虑是不是要来采访。可是，紫鑫和她在电话里一问一答的，并没有对她的这种说法有所察觉，也不知她会在什么情况下听力会不好，于是，还是颇为顺利地和她约好了访谈的时间和地点。

"我是你采访的第几位'十大妈妈'啊?"乍一见面,还没等紫鑫熟悉这里的周围环境,也没等说上几句惯常的寒暄话,早就等在那里的丽雅,就单刀直入地提问了。

"哦,我是不是有点儿心急了呢?"看紫鑫还有些木讷讷的样子,丽雅便体贴地说,并伸出双手,似熟识的朋友般,热情地握住了紫鑫的双手。

"您好啊!是我的反应慢了呢,您是我采访的第六位'十大妈妈',也是我最想快些见到的其中一位。"紫鑫还有些发喘,毕竟正值早高峰时间,同桐也有些堵车,眼看赴约就要迟到,从最近的公交车站快跑到这里,用她所能的竞赛速度,跑了 10 分钟。

"我们坐下慢慢说吧!"丽雅放慢语速,微笑着说。

终于,丽雅舒缓了她自己的情绪,让紫鑫感觉自然和自在了些。

其实,这里是一个小巧的街心花园,离马路大约 20 多米的距离。

她们分别坐在两张藤椅里,像是美术馆前的装置艺术,超大的椅子里坐着两个小蜡人,看上去有点不合比例的艺术夸张,如果她们两位一动不动的话,就和这个景致完整地融合起来,真的会让路人驻足欣赏呢!

紫鑫和丽雅都试着在比容纳自己的身体空间大 4 倍的椅子里,调整好自己的坐姿,以便更好地和对方说话。可是,一伸直腿,人就被别到靠近椅背的位置了,如果只是坐在椅子的一个角上,又让人觉得置身在一个空心的大萝卜里似的,左右找不到倚靠。看来,这两款坐姿均是很不适合于谈话的。

先是紫鑫,后来是丽雅,她们俩终于忍俊不禁了,于是笑得前仰后合的两个人,都不约而同地站起身来,走到了椅子的一旁,再相视而笑了!

紫鑫这才看清楚了近距离站在自己面前的丽雅。她梳着齐耳的短发,金色水晶蝴蝶发卡在黑发上熠熠闪光,脸上涂着厚厚的粉脂,描出了深棕色的眉毛,画了浅黑色的眼线,涂了桃色的口红,像是要去出演一台戏,胭脂巧妙地扫在颧骨的外上方,成功而明显地为她减龄。

这是个什么地方啊,这么窄小,可是四周竟是绿树成荫,小溪潺潺,鸟儿们一早就在这里聚合歌唱,无止无休,让人完全感觉不到这里是闹市的中心。

终于,紫鑫看到了右手边的"青青茶社吧"的木制牌子,挂在一间若隐若现的、古色古香的小屋的门框上。

"要不,我们进去坐坐吧,外面有点凉,椅子又太宽大了,呵呵!"丽雅爽朗的声音在静悄悄的院落里响起来,显得音量很大。

"好啊,这里的环境很雅。"紫鑫附和着她,随即一同走进了小屋。

小屋里的陈设和它的名字一样,也是中西合璧,主人大胆地在中式的土木建筑里,加进了咖啡吧和酒吧的元素,而这位名字就叫"青青"的店主和某著名调酒师一同调制鸡尾酒的照片,就挂在大门侧面的墙上,那里放置着一个木制的、朴实的调酒台。

"这里10点才营业,青青还没有来上班,我和她预约了,她叫人提前来开的门,让我们先随便坐坐。"丽雅一脸的虔诚和骄傲,起码她为自己的安排感到满意,"这里啊,原来是一个工人文化宫的棋牌室,闲置在那儿没有用,青青就租了来开茶社吧了。这里如果开酒吧的话,是不允许的,所以就只能叫茶社,可是呢,加上了一个吧字,名字就变得不伦不类的了,是吧?"她继续说道。

紫鑫打了个寒战,小屋还没有得到阳光的照拂,里面颇有阴森之感,加上昨晚留宿在这个空间里的咖啡味、酒味,还没有被完全透散出去,确实是有一种仿佛夜晚凉飕飕的空气里,夹带着饮品混合怪味的感觉。

"喝杯咖啡还是茶暖暖身?我叫小姑娘来做。"

"来杯红茶吧!谢谢!"

当身材娇小,手脚麻利,又像是再一次见到的旅社前台的那样的小姑娘慢悠悠端来两杯香茶的时候,紫鑫的自我介绍和再次说明此次来意的开场白,刚刚结束。

丽雅笑意盈盈地品起了香茶,放了茶杯在托盘里,用复杂的眼神凝视着紫鑫好一会儿,言下之意莫非是说她有好多好多的故事要说,但是得从何说起呢?

"您和其他几位'十大妈妈'熟悉吗?"紫鑫的提问打破了片刻的沉寂。

其实她想请丽雅详细地介绍一下她自己的,可是,话到嘴边又咽了下去,笑自己犯了人们所说的怀疑症,即是不相信自己准备的一手资料和所做过的事件分析研究,非得和当事人对证一番,才可以安下心来,认定这才是真实的。

事实上,当事人对已经发生和即将发生的事情的看法,会依照环境、当时的心境和与什么人,以何种方式交谈等,发生着微妙的变化。

没有人会质疑，充分的沟通和理解，以及当事人有一种想交流下去的愿望，才是谈话双方最好的自我介绍。

"看了她们的事迹，挺不简单，也挺不容易的，我只认识赵大明，可也是好久没有和她见面了，听说她这段时间待在外地呢！我总觉得大家的故事都很表面，媒体的报道里，大家成了三好或是五好的模范，只是写了其光鲜亮丽的一面，不足够的，依我看，根本看不出什么真实感人的东西来。"丽雅的表情里，透着成年人少有的单纯，单纯里又含着一股子倔强劲儿。

赵大明也是紫鑫将要访谈的对象，只是还没有联系上她，如果她去了外地，也得等待或是追踪而去，这不仅是使命，也是不可或缺的工作。

她知道李艳娜的故事吗？在媒体报道之外的，那个真实的李艳娜的故事。

"比如说呢？"

"比如说李艳娜吧，说她自己省吃俭用的，一个人领养了三个孤儿院的孩子，定期去帮助服刑人员的孩子们，给他们送吃的，用的，还给他们支付上学的钱，但是，她光靠省吃俭用就能做到这些吗？她为什么要这样做呢？很多人条件比她好，为什么都无动于衷呢？这些才是有意义的内容，你说呢？"紫鑫刚好想到了李艳娜，而丽雅就用她的故事来举例子了，这种颇为细致的观察力，让紫鑫折服。

"您说得对！那么，您作为'十大妈妈'，是不是也存在着这样的情况呢？"

"你真的好聪明。我当老师的时候，如果遇上你这样有灵气的学生,那就会喜欢得不得了!"

"可是这样的学生考试分数未必是最好的,多数老师不喜欢的,因为唯分数主义才是他们对学生的衡量尺度,对吧?"

"对教育的意义理解不深,又不善于学习提升的老师往往就是这样的,他们不喜欢这样的学生,还因为他们自己本身就是一条大笨鱼,只管张着口,人家喂什么,就吃什么,一点灵气也没有。"

不管丽雅的比喻是否恰当,紫鑫都要为丽雅点赞,丽雅是一位与众不同的老师,这一点是毋庸置疑的。

记得自己在北京念高中的时候,遇到死板到家的老师不止一个。后来读了剑桥,迂腐的老师还会一个劲儿地说什么要是当初上了国内的某某大学,强得多了之类的话,把人搞得啼笑皆非的。他们哪里懂得,在国际舞台上的竞争,不啻是一种更加考验人的,更高层次的竞争呢!

"您是高中的数学老师,后来又被选为'十大妈妈',这其中有着必然的联系吗?在这个首届的'十大妈妈'里,只有您一位是当老师的。还有,您觉得由于职业的关系,您教育孩子的方法肯定和从事其他职业的妈妈有所不同吧?"

"你问的都是好问题!"

"谢谢您!"

"其实,我早就退休了,我们的体制是这样,正当你事业上炉火纯青的时候,就得退休了。当然,退休的人又被聘请回去或是被一些机构请去做老师等等,这是另外的说法了。"

"您看上去一点儿不像是退休的老师,请原谅我把退休的人打上了特别的标记,比如说意志涣散,懒怠无神,或是把时间和希望寄托在跳跳广场舞上面，寄托在带带孙子上面。"

"是的，人不管到了哪个年龄段，都得有自己的理想和追求。只是，有的时候，你被迫得担负根本不是你该去担负的责任，比如说我吧！"丽雅顿了顿，好像要在脑海里搜寻出更加合适的素材来和紫鑫交流般，而紫鑫则是一如既往地，以一个最好的倾听者的姿态，微笑着，端坐着，注视着对方，让对方以相对放松的状态，进入访谈中。

"嗨，好多事情，发生的时候，足以把人打倒和压垮。可是，过去的时间越是久远，就越是变得无关紧要了，当初锁得紧紧的记忆的方盒子都会存不住这些个过往的事情了，好像当初那大祸临头、泰山压顶的事情，在不知不觉之间，也会成为陈芝麻烂谷子。世间的事物就是这么奇妙，事情远远不会像数学公式一样恒定。"丽雅又顿了顿，无数道的惊鸿从她的脑海里掠过，现在还有哪一道才是她记忆里的风光？

"本来，女老师们多半是素面朝天的，这好像是教师的应有的形象。可是，我得学会打扮，懂得打扮，还要让自己看上去年轻10岁，否则，这个妈妈我是没法当下去的！"尽管紫鑫的眼睛里写满了问号，但是，丽雅还是让话语停顿了下来，她用修长的，拿了一辈子粉笔的手，为两人添了茶。

不会打扮和保持年轻态，就不能把妈妈当下去？

难道妈妈还会是由谁任命的吗？妈妈是由谁来选举的吗？

"我让大家喊我丽雅，也是要给人留下一个年轻的印象和符号，否则，我这个妈妈也是没法当的。还有，你刚才问我作为教师，教育方法和做其他职业的妈妈有什么不同？就我自己来说，妈妈我是绝对没有当好的，可是我是一位真正的好奶奶！"

什么叫"妈妈",这个称谓第一次听说,难道是江南小城把特别的妈妈叫做"妈奶"?

"您说的是妈奶吗?这是指?"紫鑫并没有发挥式地提问,唯恐在这个时候,丽雅的耳朵听不到她的话,会造成误解,从开始访谈到现在,紫鑫终究有些担心丽雅突然间听不清楚她在问什么了,因为丽雅留给了自己一个先入为主的印象,就是她的听力随时可能出现问题。

好在,这个情况从见面到现在,并没有发生。

"妈奶这个称呼啊,是我自己发明创造出来的词汇,如果要解释的话,意思就是说妈妈和奶奶是一个人来当。妈字在前,喊出来的时候,奶字的声音就很微弱,就可以忽略了,尤其是用我们当地的话说出来,发音有点像是妈呢,找妈妈的意思,不也挺好的嘛!"

丽雅轻轻笑了笑,语气里夹带着自豪,但似乎是在掩饰着一种说不出来的无可奈何。

她看着正襟危坐,洗耳恭听的紫鑫,显然对这位年轻人的专注十分满意,于是继续说道:"其实,讲了半天,妈奶是指我自己,我让孩子称呼我妈奶。"

"我敢肯定,你又会觉得奇怪了,我慢慢讲给你听吧!"

看来,丽雅对紫鑫已经不设防了。

这时候,上午10点左右吧,"青青茶社吧"的主人来了,这是个身材颀长的大姑娘,带着满身的阳光来到了她的小店。

太阳出来了,慵懒而倔强地给人予温暖,树枝也享受着它的美意,绿色的手臂向着阳光的方向伸展,好不惬意。

虽然是冬的寒冷正在一步步逼近的时节,但只要你望向窗外,心绪总会飘浮在过去,这就是江南古城所独有的暗香,久远的一种围绕在人身边的气息,它悠悠地给你一种回想的暗示,而暗香和暗示,总能相映成趣。

不知道丽雅选择来这里和自己见面,这其中,是不是也有类似的玄机蕴含着呢?

丽雅从过去笼罩着自己生活历程的阴霾里走出来,走到了今天的阳光下,是一种固有的生活节奏使然,还是逼迫之下的所为呢?好在,看上去,她依旧脸上有笑容,尽管,一个退休年龄的人,无论怎样装扮,也难以完全掩盖住过往曾经历风霜的蛛丝马迹。

"噢,刚才讲到我就是妈妈,我让孩子这么叫我的。可是啊,让我当上'十大妈妈'的这个在别人的眼里优秀得不得了的孩子,她不可思议地聪明,不可思议地懂事,不可思议地有礼貌,完全像是从外星上来到凡间的,像是从比我们先进的国度和另一个社会里来的,她获得了全市的小学数学竞赛第一名,获得了中国香港国际青少年美术竞赛冠军。我带了她的获奖作品来给你看,但是,她不是我的女儿!"

向紫鑫说出了这番话后,从神态上看,丽雅整个人都变得放松了许多。

也许,她许久都没有机会这样面对一个可以倾诉的人,将自己的经历一一道来,也想卸去压在自己心上的一块顽石。

也许,这块坚硬的顽石不会从她的心里自动被挪移开来或是自动消失,这辈子都不可能,但是,总有那么一些机会,让她放松心情,或是忘却那顽石的存在。

"这一直就是个秘密!我不想保守住的秘密,但是又非得想方设法去保守的一个秘密,听起来,自己都觉得很矛盾。"丽雅的话语里,藏着深深的不安和无奈,但是她的年龄使然,让她沉稳得如风平浪静的海面般,波澜不惊,倒是紫鑫的吃惊程度不亚于被她访谈的对象,丽雅接着说,"这辈子自己都没有料到会发生这样的事情。"

"那您被评选为'十大妈妈',完全是因为这个孩子的优秀吗?"紫鑫有意岔开了她的话题,不想让她的情绪暗流奔涌得太过激烈,如同这小城里的千百条小溪般,平平静静地倚挨着溪床流淌或是静卧在它们的归属地上,照样具有自己别样的美丽,独特的姿态。

"可以说是吧!在同桐,在这两项比赛中同时取得这么好成绩的孩子,还是小孩子,是从来没有过的。大家这个时候又明白了那个古老的道理,一定是妈妈培养得好,呵呵!"

"这个孩子这么优秀,您在对她的培养中,有什么过人之处吗?"紫鑫依旧是不往那些要揭开疮疤的事情上去顺藤摸瓜,远离那些不愉快的过往,让过往成为今天和未来的奠基石,无论它是怎样地沾满了血迹或泪水,或是它们已经是被欢愉侵蚀过的人生锻造材料。

这是她的希望,不仅美好,而且充满了正能量。

"生孩子是一种本能,是母鸡都会干的事情,但是培养孩子,是门艺术,这是一位名人说的,我的体会是,这是一门科学,也要智慧。"毕竟是教师的原因,丽雅的思维非常清晰,"我们虽然懂得这个道理,其实很少能够做到,或者最多是做到了一小部分,说实在的,孩子自己才是他们成长的老师。"

丽雅一定是在负责任地说着自己的育儿经,数学和育儿又能扯上什么关系吗?这是依仗着什么类别的数学公式计算出来的呢?

"您能举个例子吗?"

"孩子是棵小树,这个比喻你同意的,是不?"

"当然。"

"'小树'有他们自己成长的规律，这个规律中也蕴含一个过程，时间的过程，你给他们阳光雨露和肥料就可以了。这个过程他们得慢慢吸收这些营养，就成长了，关键是你给的营养要丰沛，比如说，母亲的榜样。你成天无所事事，或是怨天尤人，或是懒惰无知，这些就是不好的营养，你别看自己不是主动施加这些东西给孩子，可是他们却是照样吸收了，负能量的东西聚集多了，孩子怎么能好呢?!"紫鑫听了这席话，不自觉地深呼吸起来，觉得每个妈妈虽然都会懂得这番道理，可是确实是难以做到。

　　"现在的妈妈大不如前了，所以，你要做得好一点，很难。你看，我们小时候，妈妈们虽然文化水平没有现在的妈妈高，可是她们成天忙着家里家外的事情，想方设法，在最大程度上减轻丈夫养家的压力，她们很少和你谈论大道理，或者说根本没有工夫用嘴巴来教化你，可是，她们的孩子们是有道德的孩子，做事努力的孩子，社会的渣滓很少。但是现在，妈妈们娇惯孩子成了一种病了，她们几乎做了孩子物质满足上的奴隶了。我担心有一天，这些个妈妈会被孩子这些个没有良心的奴隶主给害死，她们亲手挖掘了自己的坟墓，而且是浑然不知，可怜啊！"

　　丽雅说完，不自觉地双手合十，像是在为谁祈祷似的，紫鑫相信，她一定是在祈祷妈妈们别再一味娇惯孩子了。

　　"并不是妈妈要教孩子学些什么，孩子才会优秀的。"丽雅接着说，作为一名教师的她，是不能穷尽自己所经历案例中的悲欢的，当老师的，尤其是有爱心的老师，常常会有恨铁不成钢的惆怅。

　　"所以，您培养孩子的时候，并不是刻意为之，给了孩子好的营养，然后她就快乐成长了。"

"说得真好，就是这样的。"

"我们到外面去走走吧，这里风光独好，是市中心少有的一块风水宝地，还有名家的书画展，要不要一起去看看？"在丽雅的邀请下，她和紫鑫，像是两位忘年交，又像是闺蜜般，手拉着手，走出了小屋。

来到室外，才感觉到室内原来比室外要阴冷很多，但是太阳的热度，似走在崎岖山路上的排气量不足的汽车，渐渐减低了它的力量，变得温顺与和缓。

"青青茶社吧"的这幢小屋，紧挨着一个长长的通廊，廊道的两边，是深褐色木制的，圆圆粗粗的廊柱，廊柱之间设计了可供人们小憩的座位，通廊的顶上，是当地历史故事的彩绘，大都是以坚贞的爱情传说为主题。100多年前，这里应该是才子佳人们吟诗作赋和扑蝶嬉闹的小天地吧！

长廊的尽头，是一个小小的展馆，正在展出着当地名家的书画。丽雅指着其中的一幅大尺寸的山水画，详细地向紫鑫介绍着画家的技法特点等，声情并茂，历历如数家珍般，像是在介绍她的家人或好友似的。

紫鑫对于中国画的认识尚浅，一时间，只是恭敬地听着丽雅的讲解，细细琢磨着其中的寓意。

这周遭的环境，显然和"青青茶社吧"大门口要展示现代艺术的大椅子不相协调。毕竟先辈的设计在这里彰显着中华文化的魅力，年代已经久远，而"青青茶社吧"的设计者无法理解长辈的良苦用心，试图用现代装置艺术来表达一种看上去洋气的思潮，又因为大椅子太过抢眼的缘故，原本应该是"青青茶社吧"的外景设计出了问题，这下子，反倒是让人觉得是古旧的中式环境与现代设计不相融合了。

再回到茶社吧里的时候，主人青青端上来一壶龙井，同时，拿出一个像是学生用的练习簿，上面是她解的几何题，请教丽雅她解得对不对。

茶社吧的老板还有这般雅兴？

原来，老板娘有孕在身，丽雅建议她怀孕期间解数学题，以此来锻炼胎儿的大脑，青青对丽雅老师的话言听计从，不管怎样，谁都明白，这总比搞摇滚和打麻将对胎儿有益。

"不好意思啊，我们接着说。"丽雅微微笑了，笑容里夹带着见证了孩子成长的那份无比的喜悦感，"对了，我讲个故事给你听。"

"我有一个学生叫李威，不仅人长得帅气十足，性格阳光，而且，学习能力超强，老师和同学都很喜欢他。可是，你怎么也不会想到，他的双亲都是乡下的残疾人，他母亲是哑巴，父亲双目失明，两口子其貌不扬，个子也很矮小，属于你见了都会觉得心疼的那类人。他妈妈干地里的活，他爸爸负责在家摸索着煮饭做家务，典型的女主外男主内。李威一到农忙季节，就会请假回家，说是要帮着家里干农活，开始时班主任怀疑他撒谎，这么个有教养和看上去体体面面的孩子，不会是有什么糊涂心思吧？后来，家访的时候跑到他家一看，好奇心和怀疑心就立刻被看到的场景给打碎了，刚才这番话，是他们班主任用的词汇。"丽雅是一位讲故事的高手，她十分懂得怎样让故事获得听者的喜爱，尤其是在平凡的故事里要有小小的悬念。她接着说，"后来我也去了他家，才理解了为什么班主任要发动大家帮助李威家干地里的活计。"

"他们家就两间草屋,可以用家徒四壁来形容,在同桐的农村,算是穷得叮当响的,他的双亲都拿着低保。你想,哑巴妈妈干活养家,双目失明的爸爸操持家务,会是怎么样在过生活呢?我真不想把看到的细节再描述一遍给你听,但是,我想说的是,在这个家庭里,三个家庭成员和谐相处的程度会让你震惊,三个人都是开开心心的样子,完全没有从他们的身上看到任何悲悲戚戚的情绪,所谓日子快要过不下去的痕迹都找不到,李威不在家的时候,他父母亲也是乐呵呵的。"丽雅把一件让人同情和感怀的家事,描绘成了一幕完全不带泪痕的场景,而且颇有寓意,"李威的父母亲告诉我,一个双目失明的人能找到一个老婆就是天降的好事情,一个哑巴能嫁得出去,也算是前世修来的福气了,那么,两个人就会很珍惜,他们有很朴素的思想,父母会老,终有一天离你而去,兄弟姐妹们都有自己的家,谁也管不了你,他们夫妻是要在一起相伴余生的,所以,很恩爱。这样的家庭,你说他们有什么样的能力来培养孩子呢?既没有给孩子提供什么才艺培养,也没有能力让孩子上什么辅导班等等啦,但是,他们的孩子李威,太优秀了,全方位的优秀,这让很多妈妈都会汗颜,你说呢?"

丽雅又解释说,她自己始终有些词不达意,也缺乏对一些社会和教育问题的深入研究,因为她和别人分享这个故事的时候,人家会说这是个案啊,没有代表性。于是,她就没有办法继续和对方沟通下去,往往就只得让交流效果打折,也让她想传递正能量的美好愿望泡了汤。

不知不觉中,时间在催促着她们该进午餐了,两个人便以一碗榨菜肉丝面当主餐，红豆做的茶点作为餐后甜品，边吃边聊，毫无拘谨和顾忌。

看来，不到一定的火候，聪明的丽雅是不大愿意，就自己的经历和这个女儿的身世，直抒胸臆的。

这个中西风格混搭的茶社吧，其间的艺术感和新颖度让人乍看起来，颇为稀奇和吸引，可是让自己久置于此，就会感到憋闷。也许，这是由于过度的装饰加上房屋低矮所造成的吧！

外面的风光倒是不错，虽然乌云飘飞在大面积的天空上，一瞬间，好像是要把这座城市压垮的样子，可是，云儿受到了远方的呼唤，只是在这里歇歇脚，又赶往另一个天空的领地去了。

仿佛顷刻天黑了又天亮了的体验，在人们的脸庞，挂上奇谲的表情，还没有反应过来天象在捉弄什么的时候，太阳又一次威风凛凛地占据了天际，它总是不慌不忙地，就能撑起王者的地位，予人温暖，让人仰望。

她们一起站在小屋的外面，大口大口地呼吸着带着桂花的香甜味，薰衣草和水面荡漾过来的水草的混合香味的空气，几个小时以来，那红茶和绿茶留在唇齿间的雅艺韵致，也和着户外自然的熏风，一起在心里回荡着甘甜。

突然之间，丽雅说要去接下了武术课的女儿，想来想去，还是不方便把女儿留在她同学的家里，虽然说好由家长临时照管，也决定马上去接她。

丽雅的决定来得有点突然，犹如一出精彩的演出，刚刚接近高潮处，舞台上的灯光忽地就灭了，或是主角遇事退台了。

她在忧虑着什么吧?

紫鑫望着她急匆匆离开的背影,心里结上了一个大大的疑惑:这个谈了太多的心理感受和主观认知的"十大妈妈",唯独,她的秘密总是不愿意轻轻松松,像是唱口水歌似地流溢出来的。

再次见到丽雅的时候,是紫鑫准备回北京休假一周的前一天了。

毛夏夏和国际基金会的代表以及志愿者是日也在同桐。几天前他们到后,大家举盏小叙,相聚的时光里心情十分放松,紫鑫成了东道主,和大家讲起这里的风物志,心情雀跃。作为WS公司的老板,毛夏夏并没有干涉紫鑫的工作,而是带领着几个人一头扎进了当地的博物馆和地方志的档案馆,那里的诸多资料是市面上流传的书籍里和网络资料里不曾有的,所以,他们的寻宝活动,带着喜悦,格外用心。

紫鑫并没有多问他们此行的情况,只管做好自己的本职工作,只是,她隐隐约约地感觉到,毛夏夏看着自己的眼光有点儿特别,有几次,她不得不躲避他的眼光里的一股股升腾起来的温柔抑或是烈焰。

"要当心啊,情感是一种让人说着说着就陷进其漩涡里去的东西,尤其是乔一的说辞,大有推波助澜之功效,你说不在意吧,又会在不经意间,让你接受某种暗示。"

想到这里,紫鑫自嘲式地,微笑了一下。

丽雅穿了身改良过的、黑色时尚七分袖毛呢旗袍裙,身披酒红色梅花图案的、考究而奢华的南京云锦大披肩,坐在"青青茶社吧",她们两人曾在十天前坐过的,面对面的那一对藤椅上。

"真不好意思啊，耽误了你的宝贵时间，也许还打乱了你的工作计划呢，不过啊，好在我们又在一起聊了。"

看来，这一次的约谈，丽雅有意将说话的节奏放慢了些，相隔短短的十天后，似乎她不再是急急忙忙地，上来就追问紫鑫她究竟是第几个被采访的"十大妈妈"的那个丽雅了。

她性格里的双面性，是显而易见的。

"其实，你也看出来了，上次我们聊的时候，我遮遮掩掩的，是有心结的。这回啊，我真正的女儿找到了男朋友，双方确定了恋爱关系，家长也很满意，我对未来的女婿也很满意，所以，呵呵，今天的心情特别好。"丽雅好像突然明白了什么似的，语速加快了些，又放缓了下来，"我没有把你给说糊涂了吧？"

"没有，但是有一点点，如果我猜对了的话，就不糊涂，可是，我无法猜测，对吧？"

一时间，紫鑫也拐弯抹角起来，看来，人们在谈话时，免不了要相互影响。

"其实，说起来事情也并不复杂的，只是不能对别人说，说了给人家当话柄就好没意思，解决不了什么问题，还会加重自己的心理负担。"丽雅的看法不无道理，家家都有本难念的经，到头来，有谁不是靠自己过日子呢！

"有道理。"紫鑫应和着，她知道，丽雅就要敞开心扉了。

片刻的沉默。

"我的女儿从小就是个让人省心的孩子，水灵灵的大眼睛，反应机敏，接受能力很强，学习成绩很好，还拉得一手不错的小提琴，又懂礼貌，人见人爱。我呢，很知足，觉得自己命好，有个这么好的女儿。"丽雅沉浸在甜蜜的回忆里，脑海里铺陈开的美丽画面，被年少女儿的模样占据，喜悦的暖流在心田里默默而快乐地流淌着，这是所有做母亲的人，为子女而骄傲时的自然情愫流露，此情感，比任何一件她们自己拥有着的，哪怕是价值连城的珠宝，都更加珍贵。

她笑起来真好看，虽然，她也没能逃过岁月的风霜在面庞上雕刻出深刻的皱纹，以及沧桑感使面部肌肉变得既是僵硬的，又是松弛的。

今天，丽雅卸去了往日刻意装扮出年轻面貌的浓妆，让人颇有要重新对她认识一番的冲动。

原来，心情可以左右人的一切，原先为之执着的事物，可以变得不再重要，只要放下了心上的负担，不论是甜蜜的也好，痛苦的也罢，一切皆在本色的世界里成为美好。

其实，紫鑫更愿意看到今天这个自然色的丽雅。

任何卸去了浓厚的清淡，都更加耐受得起人们的观赏抑或是咀嚼。

"可是，这个可爱的女孩子早恋了，和比他大6岁的一位医学院的大学生恋爱了，于是乎，事情变得一发不可收拾，两个孩子都走火入魔了。"

丽雅的语气和缓，但脸色瞬间变得有几分苍白。

谁也不愿意再回到伤心的从前，每回忆一次，人就如同又一次遭受了心灵的浩劫，从而给自己造成精神上的潜在疾患。

"唉，有什么办法呢？他们爱得死去活来的，一个15岁，一个21

岁。再后来，我女儿怀孕了，她偷偷地不说，大冬天的，穿着厚厚的棉袄，像个大冬瓜似的老是坐着，等教室里的人都走了，才站起来。班级里的人多，七十几个孩子的超员班级，老师根本就顾不过来谁，等到老师告诉我，她好像是生病了的时候，她已经和小男朋友离家出走了，学也不上了，偷偷跑到另外一个城市里，男朋友学校边上的农民房里住。当我找到她的时候，孩子刚生下来不到半个小时，是那个男孩子给她接生的，满床满地上都是血迹，我当时还顾不上看女儿和婴儿一眼，立马就昏了过去。"

恐怖的、鲜红的血，原本是生命的源泉和不可或缺的营养，可是，它成了丽雅的抑郁之根。

她说她疯了，真的疯了。

她说她的耳朵出了问题，不管装聋作哑也好，事实如此也好，这也是因为她疯了。

她口中的那个小男孩，也就是医学院三年级的男生，说要考研，就甩了她的女儿和小婴儿。丽雅的丈夫也在这个节骨眼上和她离婚，说是脸都丢尽了，没法和她们在一起了，就卷起铺盖，拿了存折和家里值钱的东西，单身汉似地走人了。直到一年以后，丽雅通过朋友四处寻找，这个懦弱的、落荒而逃的男人才和她办理了离婚手续。

毋庸置疑，后来，这个应该称呼她外婆的小婴儿，成了她抚养的"女儿"，而正是这个"女儿"，赢得了同桐历史上不曾有过的少年殊荣，这个殊荣，带给了她"十大妈妈"的称号。

烦恼和不幸真的是人生的动力吗？

丽雅的内心是因为面对和跨越不可预知的灾难而练就得强大的吗？

经历苦难才得以成长，这是妈妈们生命里的必由之路吗？

结束对丽雅访谈的时候，紫鑫收拾好了录音笔，在漂亮的绢制封面的笔记本上，小心翼翼地，轻轻地写下了上面的三句话。

九、"浪子回头金不换"

紫鑫决定取消休假，把回北京的计划搁浅。

说什么也得一口气把访谈的工作完成才好，谁也不愿意拿一个不完整的乐章去演奏，尽管，已经完成了的部分让人颇为满意。

上次回北京，心里揣着头小鹿，时不时地撞得自己头脑发昏，对完成访谈的任务，几乎完全失去信心。

后来，渐渐地，当"十大妈妈"们的心门紧闭，冷漠和倔强终于变成敞开心扉，无所顾忌，甚至是表现出对自己热情洋溢的时候，紫鑫觉得，败北回师的自己，当时没有想出什么好办法应对挑战，自责和难堪，在所难免。

还有自己结识她们的好运气，真的让人感到不可思议而又欢欣雀跃。

像是要下雪的样子。

夜晚，旅社的小姑娘轻轻地来敲门，给紫鑫送来了一床毛毯，并说，是她的错，知道天气变了，也忙得忘了，现在气温下降得很厉害，真的担心她受冻了，所以，忍不住半夜三更地就来打扰了。

紫鑫正好在沉睡的美梦中，又正好梦见自己正参加第二届的"十大妈妈"颁奖典礼，会场上的横幅飘逸起来，像是风筝似的要飞向天空。原来是猛然间起风了，天气变了，顿时，主持人的声音被飞沙走石裹挟着似的，含混不清，以至于参会的人们不知道是不是该留在原地继续参加活动，还是该打道回府，先避让这突如其来的不速之客。正当这时，她在小姑娘的敲门声里醒来，一时间，还以为梦里的故事还在继续着，片刻之后，才回过神来。

奇怪，从来都记不住梦中情境的紫鑫，这回，梦里的场景竟然是异常清晰。

小姑娘蹑手蹑脚地退了出去，环顾四周，原来只有自己一个人，住在空荡荡的房间里，不是住进来了两个大学四年级，做毕业设计的女孩子吗？

哦，差点忘了，为了赶凌晨的火车，她们已经离开了。

半夜醒来，头脑竟然比早晨还要清醒，真是奇怪，以前被吵醒，翻个身子就又睡了，哪里会有如此这般的感受？

被子上加了毛毯，原先缩作一团的四肢舒展开来了，但是，睡意也像是被熨斗熨烫得平平展展般，在铺陈开来的醒觉里消失了。

先是在脑海里出现了乔一，她依旧风风火火，大大咧咧又体贴可爱。方大伟、毛夏夏也来到了脑屏幕上，都是在公司里的工作场景。还有那个国际基金会的大胡子代表马克，他是挪威人，身材高大，声如洪钟，和紫鑫见面拥抱的时候像是在保护一头可爱的，但是受伤了的小鹿似的，厚实的身子板，瞬间就把温暖传递给了她。这种来自异性体温的暖意，让紫鑫心悸了一下，好像有强烈的荷尔蒙间对撞的晕眩感，好在，后来，他用他的大手握住她的手，使她放松。1.67米身高的紫鑫，和他站在一起，有些渺小，显得微不足道，但是，自己和1.8米高的毛夏夏站在一起，倒是合衬令人叹息，有那种比例上堪称完美的画面感。也许，毛夏夏听到别人有这样的赞叹时，心里暗暗觉得喜滋滋的吧，反正，紫鑫是装作不关自己事情的样子，本来嘛，她挺不喜欢办公室恋情的，甚至有些厌恶，这是她深埋在心里的小秘密。

后来，马明月、林帆、海鸣鸣、汪琳琳、李艳娜、张丽雅，她们都如同在T台上走秀般，穿插着走到了她的脑海里。场景一转，她们又变得像是戏剧里的人物般，一半虚一半实的，如水一样，轮番把紫鑫的记忆池子慢慢填满，然后，又用一个特制的葫芦瓢，把这里的水舀出来，放进另一个池子里。

奇妙的寒夜里，思维的奇妙变换常常让自己感到吃惊，这也是难得的，来自意识深处的一种与众不同的体验吧！

甚至，自己即将要去拜访的第七位"十大妈妈"字平，也在这个夜晚来到了脑海里，她的模样，她的声音，她的一颦一笑，都真真实实地来了，这让未曾和她谋面的紫鑫无法释怀。

快要天亮的时候，她在朦朦胧胧的，对睡眠的渴望中，甜甜地睡着了……

待紫鑫的回笼觉醒来的时候，已经是上午10点钟了，在洗漱间里，她自嘲地对着自己做了个撇嘴的鬼脸后，笑得露出了沾带着牙膏泡沫的一口白牙。想起在剑桥的时候，通常功课的压力大如山，熬夜查资料写作业是家常便饭的事情。有时候，一大早的，来不及洗漱就冲去教室，还玄乎乎地掐着秒冲进去，甚至有一次，气喘吁吁地来到教室门口，方才发现原来上午是没有课的，让自己虚惊一场不说，为自己神经质地对上课不能迟到的反射作用已经成为习惯而吃惊。

在学生时代，对每个人来说，睡眠的时间就是不折不扣的奢侈品。

好在，今天和字平的访谈时间约在了午饭以后的1点钟。

小城里的人们，无论是起床和吃饭的时间，都会较一线城市早些，几乎整齐划一都是踩着大自然节奏的。早晨该出门的人在黎明的曙光熹微中倾巢出动，下午也是像要躲避风寒的小鸟儿似的，早早就回到家了，农耕文化的影响显而易见。

在这里，让人相信几乎很少有人和地球上其他有时差的地区的人们在同步工作，所以，除了加油站、医院等需要上夜班，夜晚的时间，除了休息，就是休息。

所以，字平和紫鑫所约的下午，也就是中午1点的时间。

紫鑫在同桐的这段时间里，好天气如同好运气般笼罩着她，阳光明媚，天高云淡，只是越来越感觉到的冷意，一阵阵不约而至袭来的寒风，才让人领略到季节的变化。

和字平约见的地方，不外乎也是餐馆、茶馆之类的地方。

这里是一个雅致的素食小餐馆，饭后，就供人们喝茶聊天，还有几间麻将房，隔着门，可以听见窸窸窣窣的声音，笑声和咳嗽声。紫鑫弄不明白素食馆里开设麻将活动的用意，还在琢磨呢，字平就从门外走了进来。

"不好意思啊,刚才和朋友在这里吃好饭,看还有一会儿时间,就到隔壁的商场里去逛逛,为孩子买点东西,商场的服务员老是缠着你,和你说这说那的,唉!"字平的开场白听上去干巴巴的,但是确是透着一份真情实感,时时挂心孩子的好妈妈模样也瞬间表现出来了。

"您好!我也刚到。"紫鑫莞尔。

"快请坐,你是北京来的贵客啊!"字平一副笑盈盈的样子,一下子就把两人的距离拉近了,紫鑫暗自庆幸自己又遇上了一位善谈的"十大妈妈"。

看着字平忙着点茶水,忙着嘱咐要用上好的杭菊,宁夏的枸杞子,还有另外加一碟冰糖,紫鑫就觉得她的细致入微,可不是一朝一夕练就出来的。

不知那位中年的服务员会否有点沮丧呢,往往客人在不自觉间,成了自己师傅的时候,多半是对自己服务水平的不信任。

不知怎么地,这一刻,字平自顾自地,竟然跟随在女服务生的身后,张罗她不放心的什么事情去了,她只是自言自语地说了去去就来,还没等到答复,就在长长的木地板走廊上,留下了渐去的背影。

紫鑫这才在脑海里映出字平的样貌来。

她穿着一身黑色缎子面的薄棉袄,一只金黄色的蝴蝶胸针,闪着黄澄澄的亮彩,像是屋外金桂树上采撷下来的一撮桂花,颇有设计感地撒在前胸上,刚好构成了一只展翅的蝴蝶。

她的背影起先是圆润而又饱满的,渐渐消失在廊道尽头的时候,身子越来越瘦,纤弱如水草,后来就幻化成了影子,像是一个被岁月逼得老去的女人要遵循的人生道路般，风烛残年时，时空飘忽，一切迷离得只剩下幻觉了……

紫鑫正神游在这样的想象里，字平又风风火火地跑回来，动作麻利地坐到了沙发式的卡座里，面对紫鑫。

"对不起啊，我突然发现中午在这里吃饭结账的时候，他们没有还给我信用卡，就赶紧追过去了，好在找回来了。"字平声调颇高地说，话语里有一种掩饰不住的兴奋，是在为她的一心几用的本领叫好吗？

"我们开始吧！"字平边说边端起茶杯，随即又放下了，原来，茶水还没有端上来，只是两只空杯子摆在她们的面前。

她耸耸肩，表示着对这里服务的无奈。

"其实，我们做妈妈的人，挺糟糕的，时时都不知道自己在忙些什么，为什么这么忙，有时候，待在家里的人吧，搞得比上班的人还要忙。最最要命的是，年轻的时候，没有想到要过这种生活，在家里带孩子啦，相夫教子啦，可是不知道怎么了，就过上了这样的日子。"字平长叹一声，好似憋闷了许久许久的心里话，找到了一个可以信赖的倾诉对象。

按照紫鑫一贯的作派，她会悠然地给被访者留出时间，乖乖地充当一个听者，唯有这样，当对方确确实实地感觉到自己被尊重的时候，话匣子就自然被打开了，起初那诸多的心理防备，也自觉自愿地卸去了重重的盔甲。

紫鑫微笑地看着字平，看得她不好意思地低下了头，注视着前襟上的金色蝴蝶，脸上是一派祥和而喜悦的神情。

顿时，紫鑫感觉到了对方今天的好心情！

"我原先的单位可好了,是在电力公司上班,待遇好,前景好,多少人想进去都可望而不可即,在这样的单位上班,我们可有优越感了!"是的,她的优越感至今还在她的话语里重现,可是,此刻,沉重的心思,分明不听话地从心里爬出来,像一条冷冷的铁链子,锁在了她的眉宇间。

她的难言之隐是?

"您现在可是远近闻名的营养师呢!"紫鑫不想这么快就让字平陷入一种别样的情绪里,于是,用赞许和愉快的口吻接了话茬。

果然,字平的眉宇舒展开来了,像是变脸的孩子般,阴晴转换只在一瞬间。

"我这营养师是三脚猫的功夫,理论基础薄弱,全凭自己动手,左试试,右试试,最初是为了做饭变花样,不让孩子挑食,做着做着,左邻右舍全来学习,慢慢就有人叫我营养师了,真让人受不了。"字平的笑脸开成了一朵花,一朵煞是好看的粉蔷薇。

"您在这方面一定是有天赋的,我相信!"紫鑫又送上了一个大大的赞美。

其实,当初做这些事情,心不甘,情不愿的,一点儿也不喜欢,鬼使神差地就中了招,也是自己无知的表现吧。字平心里想着,终究没把心思一股脑说出来,免得让对面这位气质美女觉得自己怪怪的而无所适从。

"唉!"

终于,字平一声长长的叹息,让原本祥和而略带甜美的气氛出现了逆转。

紫鑫静静地等待着她的故事。

刚上来的茶水很烫,字平似乎顾不上在意了,连续抿了几口,又自己把茶杯斟满。

看来,她的心情远不像是看上去的那么轻松,而且,积郁已久了,想对他人叙说的欲望,一定在她的心中升腾起来了。

"女人一到这个份上,就会很倒霉,心里的话,尤其是心里的苦衷,向谁去说呢,父母亲不能,兄弟姐妹们不能,好朋友也不能,因为这都是自己找来的痛苦。"

字平的心中的确是压着一个重重的秤砣,看来,在紫鑫的面前,她要把这个重物拿掉,至少,要把之挪移一个位置,让自己久久压抑的心,渐渐释放开怀。

紫鑫的心紧缩了一下,她担心自己的采访对象失控。

"在我上大学的时候,曾经听到过一种说法,说是一个为自己丈夫补袜子的家庭主妇,其价值相当于一位总统。"紫鑫注视着对方,缓缓地说。

她有意要在对方的情绪还能被控制的前提下,舒缓她已经紧张起来的神经,如果访谈勾起了被访者的伤痛记忆和神经敏感,都不是一件好事。

"呵呵,真会说啊,其实一点儿都不是这么回事!"字平撇了撇嘴。

紫鑫又一次以亲切的眼光注视她,其中充满了期许和信任。

"你想啊,这怎么可能?你的才华是补袜子,当然你就去补袜子好了,当总统的要求那么高,既然辛辛苦苦练就出了当总统的本领,放弃多可惜,方向也错了啊,还不如一开始就去练习补袜子。为什么不说,给妻子补袜子的丈夫的价值,相当于做总统的价值,看看能当总统的男人,是不是愿意做给妻子补袜子的家庭妇男?"

字平笑了,笑得灿烂而妩媚,看来,她的情绪又好转了。

"我告诉过自己100次,千万不要情绪化,尤其是谈到自己的时候,做家庭主妇的事,虽然是在丈夫的一再劝说和怂恿下才做的,毕竟这也是自己的选择啊。可是,平心而论,这是心不甘情不愿的选择,所以只要是一谈起来,就很容易让自己的情绪失控,努力了很久了,也做不好啊!"

字平可怜兮兮的,自白似的讲述,让紫鑫感到心酸。

字平的孩子今年10岁了,按照她的话来说,自己像是坐了十年的监狱。

可是为什么她在强烈的心理矛盾中,又能坚持十年这样的生活?

"你有孩子吗?"

"我还没有结婚。"

"噢,抱歉啊,是啊,你还很年轻呢!"

"如果我打算结婚,会学习怎样做个好妈妈的。"

"但是千万不要做家庭主妇啊!"

"您说得很有道理,我会好好思考的。"

"这个事儿啊,想都不用想,我是过来人。"

沉默。

天暗了下来,一瞬间就到傍晚了吗?

此时应该是午后阳光最给力的时段啊!

除了厚厚的遮光窗帘的脚跟处,透过来些许光亮,整个空间犹如黑夜。

原来,服务员按照惯例,一到下午的这个时间,由于顾客很少的缘故，就拉灭了灯，全然没有留意到还有两位压低了嗓门在说话的客人，而两个人也太过专注于谈话，对于环境的变化，也是浑然不知。

其实，窗帘外的另一座楼房的墙壁，与这间素食小餐馆的间隔，勉强就是伸展开的一个手臂这么短，窗子的光线，被遮挡得够彻底了，安装窗帘与否，意义并不大。

如果缺乏了灯光，这里的白天和黑夜，便是大自然虚无的摆设了。

字平乍一回过神来，赶忙叫来服务员添茶水，开亮灯。

这回，倒是没有抱怨他们的服务质量如何。

虽然开场白过于长了点，话锋也是时平时起，而且到现在还没能切入她们谈话的主题，但是毕竟这场访谈还是会顺利的，字平心里已经对紫鑫没有了芥蒂，这是颇为重要的。

字平向紫鑫劝茶，把个菊花枸杞冰糖茶的功效，说得头头是道，毕竟这是她的设计。可是，餐厅的茶单也试着这么来做配方的话，不知是喜是悲？

"其实，一个人带孩子，埋头在事无巨细的一种重复劳动中，是一件让人烦闷的事情。时隔多年，才逐渐明白，要么你自己根本可以选择不做家庭主妇，要么你做了，就要从这种繁琐的事情里，找到快乐，这样也值。"字平顿了顿，习惯性地用手摸了摸前襟的美丽胸针上那对栩栩如生的蝴蝶的翅膀，抿了抿嘴，似在给自己增加勇气，她继续说道，"可是，这两样我都没有做到，不该当主妇而又当了，自己始终也没有找到快乐，早知如此，何必当初呢，唉！"

字平出生在一个干部家庭，爷爷是老红军，爸爸妈妈都是同桐市的政府官员，他们皆自律，好强，又努力付出，在这样的红色家庭环境下,大家都在追求进步,唯恐谁落后了,无疑就会丢了面子,无需外界评论或是家人指责,自觉地就会抬不起头来。家庭主妇,在爷爷的眼里,是他们这辈人无奈娶了文盲做媳妇,或是一不小心爱上了啥都不会干,只会干家务的女人;在爸爸妈妈的眼中,女人也要有男人的担当,而且还要经济独立,现代社会里的家庭主妇丧失了直接为社会做贡献的能力,也会变成依附男人的非独立人,在精神和物质上,都会受到重重制约,这不是一个当代女性的明智选择……妈妈还查阅了不少书籍,像世界上所有的满怀忧患意识的母亲一样,极尽所能,为女儿找到一个个理论依据,一个个案例,试图说服女儿,走职业的道路,避免将来可能发生的种种不幸。

有这么严重吗?

字平说自己从小就和别的小孩子不一样,很乖很老实,记忆中没有过青春叛逆期,也就没有让父母亲烦恼过,而且,特别善解人意,深得家人的喜爱,用爸爸妈妈的贴心棉袄和心肝宝贝来形容她,真是恰如其分。

可是,结婚后的字平,仿佛遭遇了叛逆期。

婚假刚满,丈夫就提出让她辞职在家做太太,说什么养家、养女人,将来养孩子,是男人天经地义的事情,从前的大户人家,女人都是安安逸逸做太太的,这样的生活,才够得上是光彩的。他听得最最入耳的一句话就是:"我丈夫不让我出去工作!"这是他作为男人的骄傲。

做旧时的太太,和做现时的家庭主妇,其实是两码事。

当时,对字平来说,丈夫的哄骗和甜言蜜语,间或的软硬兼施,都是对她无穷无尽的爱。

好说歹说,她也没有听从,一直坚持上班。

可是,奇怪的是,等孩子生下来了,坐了月子,她就顺理成章地留在家里,做起了全职的家庭主妇。

家里和她反目了,但升格为外公外婆的两口子,终于敌不过孙子的吸引,他们之间的关系似乎得到了某种程度上的缓解。

"我很笨,完全不会带孩子,喂奶喂得满身都是,换尿布把孩子的大腿都贴到尿布上去了,孩子生病了,我就只是会哭……唉,几乎做每一件事情,都有让人抓狂的时候。"

字平一脸的坦诚,像个诚实的孩子似的,只是,眼角细细的鱼尾纹,掩盖了青春的姣好,挂在下眼睑上的两个幼年扁豆大小的眼袋,里面装着每一天存蓄起来的快乐和痛苦交织的故事。

这是十年前的事情了,她还记忆犹新,或者说是耿耿于怀。

"孩子3岁的时候,我得了抑郁症。"

字平的声音,小到几乎是一段音乐中,休止符前的尾音划过,飘飘忽忽,若有若无。

紫鑫瞪大了吃惊的眼睛,随即,又不自觉地将目光放得柔和起来。

字平话音刚落,眼睛四处打探了一下,像是在排除外人的不正当介入后,才得以安心,这毕竟是私密的事情。

"最严重的一次犯病,我差点抱着孩子从6楼上跳下去。好在这个时候,妈妈打来了电话,鬼使神差地,我就去接了,她说她就站在门口,可是怎么敲门,我也听不见。我连忙去开了门,把孩子扔在地上,妈妈一进门,似乎预感到了什么,抱着我号啕大哭起来,我也是哭得死去活来的,孩子也被大人感染,哭得上气不接下气的,三个人哭成一团,天都要塌了……"

字平的情绪是平静的,这正是紫鑫所希望的,是谁说过,自由地表露情绪可以强化情绪。相反,尽可能地压抑情绪则会削弱情绪。

"一定是遭遇到了什么特别的事件吧?"紫鑫尽可能轻描淡写地说。

"你说得真准啊,我丈夫只是个做小生意的人,刚刚结婚的时候还好,他做台湾空压机厂商的代理,生意不错,人也是踌躇满志,看上去一副挺有前途的样子。可是,台湾人见到有这么好的市场,就自己跑来同桐开了间做机械产品的贸易公司,也不给他做代理了,发生了这种釜底抽薪的事情,他根本没有能力应对,公司一下子就垮掉了。当然,我也相信他很努力地想办法做其他厂家的代理,可是,都于事无补,他整日愁眉不展的,看什么都不顺眼,脾气暴躁,员工也跟着树倒猢狲散,车子也卖了,写字楼后半年的租金也拿不回来了……后来我爸妈鼓励他,不知费了多少口舌和心血,他又想着重振旗鼓了,就做了鱼干生意。你知道的,一个外行,连鱼的名字都叫不上来,就要去这个生意,实在是冒险得很。如果你知道了他为什么做这个,就更是让人哭笑不得,有一天,孩子在幼儿园里看到小朋友偷偷带了鱼干去吃,回家了就找他要,他就想着要去做了,真的离谱啊。当然了,不久就把不多的积蓄给花光了,拿他的话来说,就是一塌糊涂地失败!"可以想见,值得人同情的字平,那个时候没有任何办法帮助丈夫,帮助家庭。

"后来,是我的父母出钱给我们养家,我实在也受不了这份压力,心里觉得太亏欠父母亲,焦虑之心无法排解,无以言说的痛苦包围着我,整天觉得恍恍惚惚的,人也变得臃肿迟钝起来。还有更加揪心的事情，就是我根本不会带孩子，如果我闲在家里，再请来一个比我能干的保姆，那我就更是一文不值了，何况，经济条件又不允许！噢，我说的不会带孩子，倒不是说我再一次为吃喝拉撒睡的事情抓狂，那些个机械的事，我都会做了，可是，我不知道怎样和孩子沟通交流，怎样教育他，就是书上说的，不知道怎样爱孩子！你知道的，这是最最严重的事情了！"

坐在柔和灯光下的两个人，已经没有了白天和黑夜的概念，她们已经适应了仿佛黑夜的这番情境。

为什么在每一位"十大妈妈"的背后，都掩藏着这么多的不为人知的悲欢呢？是不是每一个女人，不管她是暴露在了公众的目光下，或是个默默无闻的人，都要经历一番与众不同的，来自生活的酸甜苦辣咸？这是谁送给女性，准确地说，是送给妈妈们的礼物呢？是她们与生俱来就要接受的吗？她们，包括自己，有没有能力把生活岁月的歌唱得甜美一些，把痛苦的事情忘记得多一些呢？她们到底要给自己一个什么样的警示呢？

在字平安静下来的当儿，在四周静谧得让人心脏紧缩的当儿，紫鑫在暗暗地思考着。

女人本身就是个谜！

就是女人，也会相信，她们一辈子都试图解开自己这个谜，也许，始终都得不到答案。

"你知道的，会教育孩子的妈妈真的不多，我的一些妈妈朋友也是这么看的，但是像我这样当妈妈，就是孩子的不幸了。"

字平缓缓地说着,那一脸的真诚,像个犯过错误的小青年,当认知上了一个台阶,又是除却了羞涩之后道出的心语,让人动容。

可是,她的自省和感慨让紫鑫颇为不解,是不是她言重了呢?

紫鑫回想着以前采访过的"十大妈妈"的种种,联想起做妈妈在行为上的岌岌可危的种种,忽然觉得,妈妈不是一种称谓,也不是一种职务,更不是一种定位,反而是必须学习和进步的代名词了。

妈妈,难道是最最需要实现人格完整和完美进化的,一个个活灵活现的个体?

"我的错误在于溺爱孩子。起初,我也不认为溺爱是一种错误,对孩子好点,这有什么不好?于是,我把自己累得个够呛,帮他干所有的事情,差一点恨不得帮他拿起调羹和筷子吃饭,孩子犯了错误,也千方百计护着他,摔了跤,就去打地板,恨地板让他的小屁股疼了,幼儿园里一共没学几个斗大的字,也是我帮着他写,害得他6岁了,连穿鞋子系鞋带都不会,说话比女孩子还要奶声奶气。我为他做的事情,简直太多了,太多了,夸张吧?这就是真实,是我一手造成的,就算这样,当时还觉得自己是这个世界上最伟大的妈妈,简直是愚昧不堪!"

尽管有些情绪起伏,但字平批评起自己来,丝毫不留情面,不折不扣是个敢于担当的人。

一个人从糊涂到清醒之后的反差,竟然如此之大。

"还有更离谱的事情呢。后来,我又看不惯孩子身上诸多的臭毛病,想联合他爸爸一起来惩罚他,孩子太可怜了!"

说到这里,字平再也控制不住自己的情绪了,眼眶里噙满了泪水，她因为悲伤而扭曲了的面容，像极了一个正在忏悔的罪犯，那早知今日何必当初的心曲，揪了自己的心，毫无疑问，也能揪了别人的心。

"孩子上了小学，不好好吃饭，不仅挑食，还搞得像是天女散花似的，饭粒飞舞得满地都是。怎么也管不了这小子，气死人了，我就和他爸爸一起惩罚他，把他关进一个房间，饿了他两顿。可是，我们打开房间的时候，他不见了，我们立即报警，满世界找他。原来，他把窗户打开，三楼太高，不敢跳出去，觉得好玩，就钻到大衣柜里去了，一会儿就躺在衣服堆上睡着了，衣柜门关着，那里面空气稀薄，差一点就窒息了。这些事，太让人烦心了，不是一般的烦心！"

字平抹着眼泪说完，停顿了好一会儿，她不想往下说了，好像时光停止了，空气凝固了，她们的这场访谈也不复存在了。

妈妈们要敞开心扉，或是在她们的心门之外建起一座高墙，守护住苦难的事件，秘而不宣，都是颇不容易的。感性使然的女性，任凭她练就得多么强大，也有自然本性的一面，所以说，女性根本上还是一种随性的、感性十足的动物。

女性的矛盾通常在于，她们在隐忍住痛苦的同时，又渴盼宣泄堆积在心头的垃圾，而两者恰恰又都是她们的擅长。

造物主在制造女人的时候，是用了什么样的材料，方使得她们成为了矛盾体？

在同桐做访谈期间，紫鑫的心常常像被打翻了的五味瓶，搅得不得安宁。很多关于"十大妈妈"访谈里的自问，找不到一个使自己满意的答案。于是，她能够让自己做的，就是安静下来，先把问题放到一边,相信终有一天,总有一时,等待着的答案就会像是出水芙蓉那样,自信而清雅地浮出水面。

所以,这次的采访,就算是字平就此打住,不愿意继续进行下去了,她也会恭恭敬敬地表示没关系,接着,就将巧妙地约定好下次的见面时间。

有时候,并不是做任何的事情,都需要风风火火的作风。

紫鑫常想,如果时间像是一段录音那样可以反复播放,她宁愿让自己领受的工作,重新回到对第一位"十大妈妈"马明月的访谈上,以再悠然一点的步履和心态,和她先交朋友,待自己完全走进她的内心之后,访谈才正式开始。这样,迎接她们的,会是更加开阔的一方绿地。

这时,小小的素食餐厅,迎来了新的客人,昏昏欲睡的服务员立马提起了精神,招呼着几位打闹着,嘻嘻哈哈玩笑着走进来的中年人。

紫鑫和字平只是简单地瞥了一眼新客人,就专注地喝起茶来了。

"两位要在这里用晚餐吗?"一位试图扮演古代仙风道骨智者的服务员,正站在她们喝茶的桌子旁边,彬彬有礼地问道。

于是,她们不约而同地看了看各自的手表。

"你们要拉生意,也不能让人这么早就吃晚饭吧?"

"我只是问问啦!"

"别担心,会给你们小店生意做的,我是常客,中午也是在这里吃的饭,看你,布帽子都戴歪了,对襟扣也扣错了!"

听着字平和服务员小伙子的对话,再看看他那半现代半古代的滑稽样子,紫鑫忍不住要发笑。

"唉，你说说，一吃素食，一喝茶，就要打扮成这个样子，真的好笑！"字平也终于笑了起来。

"讲讲和孩子在一起开心的事情吧！"紫鑫冲着字平，略微歪了歪头，嘴角上扬，露出了甜美的笑容。

"好啊，你看，我都变成一个苦大仇深的妈妈了，这样下去，离做个糟糕老太婆的日子不远了，是不？其实，孩子真的有许多的可爱之处，有时候，他的情商比我都高，只是我不懂得他，总之一句话，都是我的不是。"

才几句话，字平又回到了自己的思维定式里去了，在这位妈妈的心里，早已经压上了一块颇为沉重的石头，希望假以时日，可以自己为自己松绑。

很多时候，母亲对孩子的影响方式是潜移默化的，只要母亲有意识地加强思考和学习，她们原本担忧的诸多的不利，是可以悄然化解的。

"后来，您成了营养师？"紫鑫把话题转到了字平的身上。

"这倒是我为自己和家庭做的一件好事，自己也不能一无是处吧，得有点追求，从为了让孩子不厌食开始变着花样做饭，到慢慢地对食物的营养搭配感兴趣，我发觉自己逐渐喜欢上了这件事情。不瞒你说，当我一头扎进厨房，摆弄那些花花绿绿的食材的时候，可以忘记时间，忘记室外是否刮风下雨，什么都忘了，对了，也把痛苦给忘了。还有，孩子来帮我的忙，我们两个可以合作得很好，有说有笑的，还会用面粉和番茄汁涂抹对方的脸，以前冤家似的看着不顺眼的情况也消失了，真的很神奇。还有啊，这个小家伙会常常带些餐厅里的餐单广告单子给我，是他放学路上拿的，一看到电视里有营养学的讲座什么的,马上就来叫我看,还会告诉我他的同学喜欢吃什么样的食物,我真的幸福死了。"字平一口气说完,连忙喝了一口茶水,滋润一下喉咙,开怀的神情,似乎还在把她的喜悦陈述继续着。

"后来,觉得光是在家做做美食,小打小闹的已经不满足了,小家庭的需求也不大,最好能与更多的人分享。正巧邻居的大姐在青少年宫上班,就说请我去给带孩子来参加活动的妈妈们展示一下手艺,特别是根据 24 个节令变化的营养食谱,她说我做得特别好,太值得发扬光大了,这样,就开始了在外面的一些活动。不过,到现在我也充其量算是个业余选手罢了。"

字平莞尔,这个样子的她,和她今天这身优雅的装束终于匹配上了。

一出好戏,故事的高潮和转折,到底放在哪里才算是最好呢?也许,合适就是最好,只是看你有没有耐心一直看下去,整台戏里总有让你心仪的地方,不见得这些场景就只会在设计好的地方出现,人生也是如此吧!

"听说,您开了一间膳食圃,是园林式的,很多食材都是自己种植,生意还不错吧?"

"是和朋友合作的。他们家有地,有菜园,有草药园,我负责配方,不瞒你说,我们用中草药做食材,做得比四季的蔬菜还好吃呢!"

"您终于有了自己的事业,您的先生不反对吗?"

"从怀孕算起,做了将近十年的家庭主妇,这一次啊,算是受苦人大翻身,自己做主了!谁还顾得上他啊!"

"您是在做家庭主妇的时候,发现了自己天赋的,对吧?"

"是啊,不过,亏得我从来不甘心,要不,现在的日子得苦死了呢!"

"看来,您自始至终都不情愿做一名家庭主妇?"

"是的,从来不愿意,想想也是,辞职也是自己去办的,当不来家庭主妇也是自己的问题,最要命的是,差一点把孩子给养坏了。我表妹在新西兰定居,每次回国都要数落我,费尽了她的心机,说我的碎碎念,我的管教孩子的方式是有毒的,就算是出于爱孩子的初衷,也是有毒的爱。"

"这么严重吗?"

"可不是!现在想想都后怕,好在我们还有现在,她说我是一个不折不扣的、有毒的爱的携带者,可悲!"

"对了,你想,我怎么会够格当'十大妈妈'呢,是我们的街道办事处推荐我的。理由是我为了家庭,为了孩子,勇于辞掉工作,承担起家事,是个有爱心的妈妈,还自己钻研营养餐食,将中国的饮食文化发扬光大,让孩子们真正吃出营养,吃出健康。这确实让人哭笑不得,我哪有这么好啊,好像他们说的是别人,和我有什么关系啊?!"字平补充道,但是,终究还是忍不住,做了个可爱的、努嘴的怪相,随后,扑哧笑出声来。

"十大妈妈"的选举,多少也是看到了妈妈们的特质的,可是,在她们的种种优秀之处的背后,是不是有一根支撑住她们脊梁的承重柱子,在起着决定性的作用呢?否则,在她们没有进入公众的视野之前,那脆弱的灵魂,是挽救不了自身那娇小身体的坍塌的,如字平的不服输,也是可圈可点的,这一点容不得忽视。

一个个在镁光灯下,看似光鲜夺目的妈妈,可不要像表面绚烂而有章法的绣布,内里的针脚却如一团团被反复揉搓过的麻丝般,痛苦纠缠,不忍目睹,永远无法理清楚那里的来龙去脉。

可是,说到底,又有多少回的内心剖析和直视灵魂的举动,可以拯救一个人呢?

"我来表扬一下自己吧,其实,我觉得自己被选上'十大妈妈',只有一点是合格的,那就是我的'悔悟'!"字平语速极慢地说着,她脸上"浪子回头金不换"的神情,让紫鑫心中微微泛酸。

现在的字平,"十大妈妈"的字平,有谁会相信,她有今天,是因为"悔悟"!

在英国读书和在家乡北京,紫鑫感受到大都市文化里流淌着的主流文化,它们可以是红色的,蓝色的,金色的,甚至是彩色的血液,构成了彰显文化的特色。久而久之,就像是人们认定了的年度流行色之后,便确认这就是不由分说,最最时尚的色彩一样,看着看着,就固化到你的认知里去了,至于这种年度颜色是怎么出台的,多半是道听途说罢了。

字平的成长和心路历程,分明是遵循着中国女性传统而惯性的常规轨迹的。

"如果请您给出一些做妈妈的建议,您会有怎样的见解呢?"

"不要轻易地相信丈夫对你的劝说和要求,要有自己的主见和坚持,千万不能溺爱孩子,惩罚也是要不得的……不对不对……"字平摇摇头,摇摇手,竟然否定了自己的谏言。

"这么说吧,千万不要做家庭主妇,那是一场噩梦!"她坚定地说。

看着一会儿深陷在矛盾里，一会儿又自我解脱出来的字平，这个一直在辛辛苦苦找寻平衡的妈妈，让人疼爱和无奈。紫鑫真想告诉她，这场访谈才刚刚开始呢，可是，不知道字平是否能够理解。

生活不是一场战争，可是，我们往往在不经意间，就会制造起争端来了，那是因为我们是人，普普通通的人，普普通通的女人。处于战事中的人，通常缺乏冷静，做出令自己也不能接受的事情，一旦当事人明白的时候，环境变化了，你自己也变化了。

女人同时是自己应对生活这场战争的指挥官和士兵，输赢都在于自己，制定怎样的战争战略和战术，也只在于自己。

紫鑫先是在笔记本上写下了以上两段话，又涂抹掉几句，后来索性就翻过了这一页。

与字平的访谈结束了，两个人在告别之前，并没有约定要再次见面，可是，紫鑫老有种访谈并没有结束的感觉。

回到了黄昏里的青年旅社，这种感觉依然在作祟，使得这里熟悉的点点滴滴，包括墙上的那几幅对人视觉冲击力强大的陶瓷画作，以及一直是笑容可人的前台小姑娘，都变成了既陌生又熟悉的矛盾体。

真的不知道中国有多少全职家庭主妇？她们在全世界的主妇行列中，占据了怎样的数量和怎样的地位？这种在社会上的地位定位，是以量化的指标来决定的吗？还是……

紫鑫决定做一个研究，作为这个项目的补充课题，使基金会得到更多的决策基础材料。

如果字平的遭遇或是她的经历，她的故事，变成一个心理研究课题或是相关已婚妇女的职业规划课题，会不会更有研究的空间呢？

为什么每一位被访问的"十大妈妈"，从她们的心愿来讲，都不愿意被当选，可是说她们十分不愿意，也不完全是，她们心里的矛盾，能开解吗？

是不是自己中了彩票，才会遇到"十大妈妈"的这般情况，反而，其他做妈妈的女士们，是人们心中的"天使妈妈"？

是谁把做妈妈的事情，当做是一件神圣而又快乐的事情了呢？！紫鑫的思路纷飞，像是多喝了两杯咖啡的人，失去了对兴奋的抑制力，不是因为剪不断理还乱的思想力在作祟，而这是自己本来就愿意为之的行动。看来，入情入境和置身事件之外，这所谓的被访者和访问者所处的不同的矛盾立场，其间并没有清晰的界限。

月光和空气一样的清冷。紫鑫在旅店外的廊道里踱步，肢体的运动使她的大脑得到了 12 小时以来空前的休息，也让她暂时忘记了关于采访字平时的几点疑问。

十、镀金的玫瑰

冬的节奏，越走越快，仿佛一个奇妙的山洞，被秋末的时光凿开，待冬的日子来临，便一点一点把日和夜装进去，山洞再也盛装不下什么的时候，早春的使者该跑来敲门了。于是，那鼓胀的肚腹被炸开，光阴穿梭了出来，冬便死了。

这些天，同桐市那些饶有风味的、纵横阡陌的小溪，也被这神秘的山洞绊住了脚步，往日灵动的潺潺溪水，傻呆呆地停在原地不动，任由阳光照射，任由凛冽的风从身上划过，不做任何反应，不知哪天才能从休眠的状态里苏醒过来。

紫鑫必须工作，而且是努力地工作。

这样的访谈，相较电视台和广播电台的人物访谈节目而言，留给了执行人很大的空间。不单在时间上，而且在寻找被访人独特的气质上，挖掘她们世界观怎样形成和如何丰满，以及她们得以历练和成长的真正原因，她们的喜好和憎恶等方面，留足了时间指引下的空间。

说实在的，这样的机会，对一个职场新人来说，难能可贵。

这次，如果不是国际基金会的项目，又要求中英文双语的报告，还要在专题研讨会上，在各国专家的面前，就报告进行答辩，恐怕也就轮不到紫鑫有这样的机会挑起大梁了。在这样的新锐媒体公司里，有冲劲和能力，又有职业素养的年轻人，大家都在暗暗比拼着呢！

紫鑫始终是怀着感恩的心情，在努力完成自己的工作。

在同桐期间，对她而言，工作是第一位的，她几乎忘记了自己置身哪里。有时候，妈妈从北京打来电话，还会把她给怔住，得过一会儿，才能回过神来，不止一次，弄得妈妈哭笑不得，暗自思忖着这个似乎是不食人间烟火的女儿，到底是被什么迷住了心窍！

紫鑫即将访问"十大妈妈"的第八位了，这就意味着，自己在同桐的工作，已经完成了大半。一种喜悦的感觉，不自觉地，悄悄升起在心田里，她又一次尝到了工作带给人的喜悦，这种喜悦可以冲淡任何的职业倦怠，同时，工作的激情又被自然而然地激发出来。

赵大明，这位"十大妈妈"的名字乍一映入眼帘，让人第一时间便感受到豪气扑面。

但凡女性的名字男性化，要么是父母亲对其有着别样的人生期盼，要么就是一个时代的反映，或是名字本身，就在述说着一段别样的故事。

记得同为"十大妈妈"的张丽雅，对赵大明就颇为熟识。

先来了解一下，丽雅口中的赵大明是怎样的一位妈妈，这也不失为一个好主意吧！

"你好啊！这些天，你还好吗？同桐今年的天气特别冷，可是得照顾好你自己啊！"手机的另一端，传来妈妈丽雅的声音，特别清脆，如风起后，屋檐下的一串风铃，欢欢快快地歌唱，紫鑫又一次感受到了她那难以被消磨的少女情怀。这可不像丽雅自己希望的，比她真实的年龄小十岁就足好的说法，她的表现，往往留给人更大的年龄想象空间。

"我想问您一些关于赵大明的情况，我就要和她预约见面的时间啦！"紫鑫轻快地抛出了自己的话题，她们之间，已经可以像是老朋友般，有了某种默契。

对方沉默了，好一会儿，才缓缓地说道："我好久都没有见到她了，这样吧，如果你有时间，我和你今天下午见个面吧，这事情啊，真还有点复杂，一时半会儿的，也说不清楚，我们见面详细说，怎样？"

丽雅的声音像极了孩子的脸，刚才还阳光灿烂的，现在就好像被乌云遮盖住了。

对于丽雅态度180度的大转弯，这其中一定蕴含了某种蹊跷，紫鑫来不及多想和多问，只是连忙和她约定了下午见面的时间和地点。

由于天气寒冷的原因，同桐很多的茶社鲜有顾客光顾，对客人望眼欲穿的店主们，只好坐在自家的店里消耗时光。跨不过经济坎的老板，有的就干脆闭门拉倒算了，待春天来临，再重振旗鼓去经营了。还有些店铺，真恨不能马上转型开出个火锅店，期盼着热腾腾的蒸气，能迎来客人。

紫鑫提前10分钟来到了丽雅订的茶社门前，只见一把硕大的铜锁，横亘在她的面前。

紫鑫紧了紧呢子大衣的衣领，眼睛望向大街的方向，任车水马龙的车流和人流，划过视线。

"等丽雅到了，就得一起再去找别的地方了，也许是对方搞错了地方呢！"她想。

几分钟后，丽雅到了，身穿黑色羽绒服，戴着墨镜，头巾也是黑色的，想起上次和她见面时的一身鲜亮，相形之下，给人奇奇怪怪和幽深恐怖的感觉。

打过招呼，丽雅从手提袋里掏出一个精致的灰色皮质钥匙包，小小的钥匙包，关不住一把超长的古铜色钥匙，几乎半个钥匙身都露在了小包包的外面。

丽雅正用这把有个性的钥匙，开启着大铜锁，庄重而又严肃认真，好像在开启着一扇失而复得的城堡的大门。

一种异样的感觉，让紫鑫几乎要屏住自己的呼吸，虽然几个问号立即来到了大脑里，可也只得顺从着丽雅的动作，眼睛跟随着她的手，双足跟随着她的步伐。

当丽雅把重重的锁，放在靠近大门的一张类似接待台的白色桌子上的时候，一阵寒风立即涌进了大门。

两个人连忙一起把沉重的大铁门关上，又赶忙开了灯。

像是欧洲的城堡或是艺术馆里高悬的三盏蜡烛水晶灯，正发出奢华和温柔的光芒，让人心情顿时敞亮起来。奇妙的是，右边靠墙的一个电壁炉，也跟随水晶灯自动地点燃了，暗红的火苗，像是红色的波浪，起伏跳跃，一浪追逐一浪。虽然大厅里并没有因此而增加任何的温度，但有一种温暖的感觉立刻弥漫开来，包围了她们。

显然，丽雅对这里的情况是颇为熟悉的，她娴熟地拉开了窗帘，拿出了装饰柜里的电水壶，两套精致的咖啡具也并排摆到了高高的酒吧台上。

"我们喝奶茶，你不反对吧？虽然杯子小了点。"

"当然，谢谢！"

"唉，天气真冷啊！"

"是啊，还好。"

"这里是？"紫鑫终于忍不住发问了。

"噢，奶茶的原料是从中国台湾和英国进口的，试试看，新口味，同桐独此一家。"丽雅答非所问，声音有些沙哑。

"我很喜欢喝，谢谢！"紫鑫不得已应和着。

在英国留学的时候，几乎每天都能喝到自制的热乎乎的奶茶，方法非常简单，先泡上一杯云南滇红茶，然后，把英国的冷牛奶倒进去就行。如果要喝上奢侈的奶茶，就再加些蜂蜜。这好比是中国传统的生姜红糖水，御寒又补养，紫鑫喜欢极了。

"你看，这里是不是和你到过的地方很不一样？原先啊，这里是打算做红酒吧的，连名字都起好了！"丽雅的感慨让人感觉别有深意，紫鑫也并不多问，相信过一会儿，丽雅就会对她揭开这里的秘密。

"我仿佛到了法国昂热市郊的酒庄接待厅。"紫鑫的反应正是恰如其分，丽雅听罢，微微一笑，把黑色的围巾从脖颈上取下来，放在并拢的双膝上。

"奶茶的味道真的不错呢！"丽雅望着紫鑫，自我鼓励了一下，随即，两个人相视而笑了。

气氛终于放轻松了些，祥和之气笼罩了大厅。

在这个紫鑫陌生的，丽雅相对熟悉的地方，谁是这里的主人？他或她又有着怎样的故事呢？

她们像老朋友似的，谈这里的每一个可以映入眼帘的物件，包括红酒，咖啡，奶茶，壁炉上的动物雕塑，镶着珍珠边的相框，油画，曾经的经营打算，就连怎样去发展这个红酒俱乐部的会员也谈到了。

这似乎是丽雅所为的事物，但是，她表现出来的牵强，间或的语塞，又证实了紫鑫的判断：这里的一切，和丽雅有关，但应该和赵大明有着更为密切的关系。

第二杯奶茶上来了，在这里，比坐在任何茶室都更加自在，只是，屋子里的温度并没有真正上来，两人都不敢尝试脱掉厚厚的冬衣。

"刚才险些就来不了这里了，好在拿到了钥匙。"

今天的丽雅，说出来的话，都是要让人去做些猜测的。紫鑫耐着性子，并不介意，她领略过丽雅的说话风格，相信再过一会儿，待她的感情酝酿到了火候，她又愿意畅谈的时候，行云流水般的讲述，又会像潮水般涌出来了。只是紫鑫有些担心，丽雅会让自己听到又一个在情感上难以招架得住的故事。

静默的空间，静默的物件，静默的对视，这一切都恍若昨天的日历，轻轻地被翻过去了，丽雅开始哭了。

开始时的啜泣声，渐渐变成了号啕大哭。

紫鑫缓缓地递上纸巾，她能做的，好像也只有这一件事情。

她决定不去扶住丽雅的肩头，任其将情绪发泄出来，按常理说，这未必是一件坏事情吧！

丽雅的眼睛顿时便红肿起来，看来，她根本抵抗不住自己的悲痛，哪怕她明丽的双眼，也是那么脆弱。

丽雅自怨道："唉，你看，我实在是不知道要怎样才能控制住情绪。"

顿了一下，她接着说："你看，这个地方多好啊，大明她终于干成了一件喜欢的事情，还没等着怎么样呢，人就这么走了，千不该万不该啊！我也是才听说她的事情，对了，你上次和我见面的时候，她还好好的呢，我还告诉她，你来采访我了，这个北京女孩子就要和她见面了呢，她还说，一个不留神，我们都变成名人了呢！你说，这算是什么事情啊！"

顿时，紫鑫明白了丽雅口中的"走了"的意思。

她要采访的同桐市第八位的"十大妈妈"，将永远地在她的采访计划中缺席了。

世界多么的不公平，人去了，物还在，到底什么才是永恒？紫鑫暗自想着，不觉吁了一口气。

"你知道吗？在'十大妈妈'里面，赵大明是最有理想，也是最有思想的一个人了。有时候，你会觉得，她压根儿就不是女人，当然也不是男人，她像个古人，又是个现代人，有点像三毛，就是那个台湾的女作家三毛，但是，也不完全像……"

这就是丽雅眼中的赵大明，无论丽雅是否能准确地形容赵大明，而赵大明的神秘和性格的多面体已经展现出来了。

三毛十四年的流浪，她的万水千山走遍，她的撒哈拉的故事，她的繁复而纯洁的爱情追求，赵大明，这个江南小镇上的奇女子，以三毛为榜样吗？还是迫不得已，追寻三毛，成就了自己的某种命运里的情怀？

谜一样的赵大明!

紫鑫期盼着又质疑着,单靠丽雅的讲述,一个活生生的赵大明能够再现吗?

看上去,丽雅有这样的期待!

当然,自己也同样有。

"请你等一下!"丽雅低头看了一下手机,似乎想起了什么,轻轻说了一句,就起身去室外透气了。一分钟后,又转身回来说,如果有电话找的话,就接一下,没准是老徐打来的。

很巧,座机电话果然响了,紫鑫迟疑了一下,还是接了起来。

"你是赵大明吧,电话打爆了都没有人接,你定的电烧烤炉到货了,今天就送货上门了,你等一个小时吧,就到了啊!"多一句话也没有,不等回应,电话那端,一个嘶哑和粗笨的女声,操着浓重地方口音努力在说普通话的人,就急急切切地挂断了电话,看来,忙着交差的她,也是职业倦怠大军里的一分子。

紫鑫只能怅然若失地挂了机。

这会儿,她正看着一幅油画出神,丽雅转身回到了屋子里,身后,跟随着一位身材魁梧的中年男士。

"请让我来介绍一下吧,这是徐可明,赵大明的男朋友,我叫他老徐,他可是我们这里远近闻名的大厨师呢!"丽雅颇为热情的声音,让显得紧张的气氛似乎放松了下来。

紫鑫和他行了握手礼。

徐可明穿着单薄的衣服,好像是刚刚从厨房操作台上下来的样子,两个女人不禁为他的冷暖担心起来。

浓眉大眼又略带斯文的他,外表绝对给人予欺骗性,除了长得人高马大之外，的的确确，他是个眉目清秀的男子。

按照传统的眼光看，很难有人把厨师和徐可明挂上号。

"本来不想来的，只是怕丽雅姐姐不会开门，站在门外着急，就来了，我已经和同事调班了。"他的话不多，明显是个不善言辞的实在人。

"你很想念她吧？"这个丽雅，真是哪壶不开提哪壶，问得这么直接。

沉默。

"噢，我觉得她还在，只是我到了她摔下山崖的现场，看到了那摊血，还有在县医院的停尸房，我揭开盖在她脸上的白布，想把她从床上抱起来的时候，看到她像是假人一样，真的感觉她死了。"他操着语无伦次的话语，慢吞吞地说着，但她们两人都听得懂。

也就是在一周以前，赵大明乘坐大巴到了杭州机场，准备飞往昆明，然后转机往一个叫作德钦的地方去骑马的时候，才把自己的行程在电话里告诉了他。

他习惯了她的随性，她的走天涯的飘逸和自由的出行选择，也就像往常一样，一切随了她，只是简单地说了几句祝福的话，算作是送行罢了。

空气里的气氛变得有些紧张起来，这完全是因为三个人的心情使然，原本渐渐变得暖和起来的房间，骤然又遭遇了寒冷。

良久，丽雅站起身来，给两个人又添了奶茶。

这会儿，丽雅算是和奶茶较上劲了。

她的神态变得不可思议的坚韧和肃穆。

说实在的,紫鑫从来没有过这样的经历,和死者的亲密朋友坐在一起,庄严地谈论着逝去的人和事情。

"这里几乎是大明一年的心血。她一直想开一间红酒吧,去香港,去上海看了人家是怎样做的,回来兴奋得不得了,一点一点,从选合适的地方开始,特别认真,连酒吧名字都想了好久,到现在,就连牌子还没有挂上呢!"

徐可明语气十分缓慢,完全不像是他这个40岁左右的人说话的语速,像是在回忆的宝库里,一点一点把过去的宝贝掏出来的似的,有一种唯恐这件宝贝就要失去了的担忧,才让自己显示出异常的沉稳和认真的状态。

"不知道后来给红酒吧起了个什么样的名字?"丽雅望向他,问道。

"叫'金玫瑰红酒吧',大明定制了100枝镀金的玫瑰,准备开业志喜的那天送给客人的,不少客人都是她的好姐妹。"徐可明顿了顿,又说,"我想过了,明天我就把金玫瑰带来给丽雅姐,请丽雅姐帮着送给好姐妹们,也算是了了大明的一个心愿,也了了我的一个心愿吧!"徐可明的真诚打动了丽雅,紫鑫听罢,鼻子也是酸酸的。

紫鑫想:这里还有不少善后事情要处理呢,丽雅绝对是当仁不让了。

三个人又聊了一会儿,徐可明起身告别,临走说了几句客气话,并说明天晚上他送金玫瑰给丽雅的时候,再把铜钥匙拿回来。

看来,再和他聊下去,惹出他太多的伤心事,是不公平的,男人生来不似女人那般,对遭遇的事情有着颇为强烈的表达欲望。

"我想,我应该告诉你更多的关于赵大明的一些事情吧,也许你会感兴趣呢?"

不知不觉中,丽雅大约喝了三杯,不,是四杯的奶茶,她的谈兴终于上来了。

"好的,不过,如果有些隐私的话,您也不必告诉我,我想我们对赵大明要有一个起码的尊重,您同意吧?"紫鑫的态度不容忽视。

"我就喜欢你这一点,特别体贴人,站在对方的角度去想问题,这可不是谁都可以做得到的。"

"是我吗?我应该做得更好一些才对啊!"

"上次也是这样,一旦你尊重了我,我会不自觉地,就把好多事情告诉你了。"

"这是起码的。"

"谈起隐私,我们自己都没有办法保护自己的隐私,这个社会,许多人对别人的事情就是比对自己的事情感兴趣,你说怎么办?我们总不能成天骂人吧,就算骂来骂去,也是解决不了问题的,有什么用呢,对吧?你看我在学校教书的时候,没有哪个骂人狠的老师受到学生欢迎,他们素质低下,根本不配当老师。"丽雅发现自己跑题了,连忙调转了谈话的方向,"抱歉啊,我想说的是,大明她也是命中注定要脱离苦海,如果我不把她的情况说出来的话,你会一直猜测,为什么她会当上了'十大妈妈'?毕竟,她和她的丈夫没有过孩子,而且,徐可明只是她的男朋友,用时髦的话来说,是她的蓝颜知己。唉,但愿我别把简单的事情越说越复杂了。"丽雅终于叹了口气,是那种直抒胸臆后的轻松,她感觉到自己透过气来了。

"大明的丈夫也在同桐市吗?"

"他原先是这里的小公务员,在工商局工作,后来一步步高升,调到省城杭州去了,听说是个不大不小的官吧。但是大明就一直待在同桐,一边在合资企业工作,一边照顾她丈夫的妈妈,也就是她的婆婆,她的公公早年去世了,是她婆婆一手把她的丈夫和几个兄弟姐妹拉扯大的,我这么说你明白的,是吧?"

"是的。"

"后来她的婆婆突然之间患了脑瘫,身体也瘫痪了,常年卧床不起,大小便失禁,先是患了带状疱疹,后来又得了一种奇怪的皮肤病,时间一长,事情就没有那么简单了,由谁来照顾老人?谁出钱?兄弟姐妹们每个人都有自己的小家庭,谁的小家也是得经营的,都离不开啊,所谓的久病床前无孝子,说得很精辟啊!"

"后来是赵大明照顾老人家了?"

"是啊,大明心好,特别善良,加上没有孩子的拖累,丈夫又不在身边,所以呢,就担起了这个责任。"

"这可是个不轻的责任啊!"

"谁说不是呢?徐可明说的大明她有走天涯的性格,那也是后来的事,也就是经历了很多,看透了红尘,悟出了不少生活的道理,才会改变自己的性格和行为吧。再说了,老人在三年前去世了,大明解脱了,噢,我真不该这么说的。"

"那么,这十年期间,赵大明是一边工作,一边照顾老人了?"

"是啊,所以格外辛苦,还耽搁了事业的发展,工资的大半都用在老人的身上了,自己搞不定的时候,请佣工也不便宜呢。"丽雅十分动情,眼泪在眼眶里直打转,喘了一口粗气,接着说,"你知道吗,大明为了她婆婆的病,跑遍了同桐市的医院,甚至是杭州的医院,她也不放弃,那一两年,她的脑子里就只有医院,只有一个想法支撑着她,要把婆婆的病治好,她相信一定会有奇迹出现的。说来也怪,后来老太太确实好了不少,也认得人了,但是,她只认得大明一个人,还能叫得出她的名字,天可怜见啊!"

丽雅又哭了,一只手捂住嘴,另一只手紧紧抓住膝盖,颤抖着。

紫鑫忙递上纸巾,脑海里出现了医院的急诊室,穿着白大褂的一群群医生,似乎就在眼前忙碌着穿梭着。

"她始终没有和她丈夫离婚?"紫鑫轻声问。

"没有。"丽雅平静而肯定地回答。

"徐可明给了她太多的支持,也很照顾她。当初大明是合资企业的办公室主任,和徐可明上班的酒店打交道不少,有时候会去和大厨交流接待的菜式,所以就认识了。徐可明毕竟是在同桐最好的酒店当大厨,常常和老外一起工作,见识广,知道心疼她,对了,好像酒店就是这家外资企业投资的。"

"看来,赵大明也是受了徐可明的影响的。"

"当然,没有人不喜欢美食。"

"不过,为什么她会去参加'十大妈妈'的评选呢?"

"据我所知,是她丈夫的家人,也就是那些兄弟姐妹们良心发现,觉得她这些年来实在辛苦,无法感谢,就想为她戴上高帽子,不不,是这顶桂冠吧,毕竟,这个故事也是很特别的。不过,我知道的也不算多,只是猜想。我见到她,多数是在和姐妹们一起活动的时候,和她单独聊天的机会不多。"

紫鑫翻出了自己剪辑的资料,在关于赵大明这位"十大妈妈"

的报道中，说她极有爱心，相夫敬老，是位不可多得的妈妈们的榜样！

还有，颁奖那天，赵大明因生病没有出席颁奖典礼！

"她回避了。"一个声音在紫鑫的心中响起。

"你看，这是大明的微信，也就在前不久，她才把自己的微信头像换成了一盏正在燃烧的蜡烛灯，旁边写着一个'禅'字，这不是明摆着有另一层意思吗？有点像是给自己开追悼会嘛！"丽雅的话并不中听，但她的坦言，又让人觉得不是没有道理。

丽雅不自觉地翻看起微信空间里大明的个人相册来，她也示意紫鑫和她一起看。

紧挨着她的紫鑫，敏感地察觉到手机屏幕上的一段文字："近来很累，每天都犯困，怎么也睡不够，常常开着车，也睡着了，这一次猛醒的时候，差一点就和一辆大货车撞上了，真玄啊！想好好睡一觉，睡个够，睡个够！"

留下这段话的日期，就在十天前。

云南德钦伟岸的高山，繁茂的森林，高山草甸上四季盛开的烂漫花朵，深邃清澈的高原湖泊，那匹和她一起跌下山崖的壮马，都是她长眠的忠实陪伴。她有了这么好的归宿，无疑是幸运的。

关于赵大明，她的生命线无论是弯的，直的，抑或是美丽的弧线，都是完满的。

人，只有在生命画上句号的时候，才可谓完满，这是生者给每一位死者的祝福吧。

这一次,是紫鑫主动提出和丽雅道再见的,赵大明的有些秘密,给人留下多点想象的空间为好,这样,我们便有更多对死者的祝福和祈祷,由心而生。

紫鑫回到了青年旅社。

久住后,这里似乎和她产生了感情,前台小姑娘和她打招呼的音调都变了,撒娇似的问候,像是亲密的姐妹间从小玩到大形成的一种默契。

冬天里,新来入住的客人很少,大厅里出奇地安静,像是一个人待在家里的感觉。紫鑫坐在靠墙的沙发上,掏出笔记本,沙沙沙地一口气写下了以下的文字:

为什么,在妈妈们的内心宇宙里,通常是住着鲜为人知的别样的观念和行为,为什么苦难于她们,来得如此容易,像是风儿吹进敞开着的窗户。难道,她们是世界上最最与众不同的群体,喜欢与苦难做伴?

我得去寻找天使般的妈妈,哪怕同桐没有,就去踏遍千山万水,我愿意。

我幻想着这样的妈妈,她们是智慧而快乐的。

至少,她人生的幸福和快乐,来自她的智慧,她那小宇宙里的智商和情商,使得她成为一棵幸福树。不要听到她的痛苦,她的恨与怨,无论多老,她都可以用智慧的目光睥睨世上所有愚蠢的爱恨情仇，她只要幸福快乐，她也是不折不扣的安享幸福快乐的人！

紫鑫合上了笔记本，松了一口气，起来伸伸腰腿，望向窗外，方觉饥肠辘辘，是啊，奶茶再好喝，始终是不能用来满足饥饿人的胃口的。

十一、自由如风

被幸福和快乐包围着的妈妈在哪里？

林帆和汪琳琳算吗？

海鸣鸣算吗？

也许，要去采访的第九位"十大妈妈"刘芸云，会是期待中的，生活过得最幸福快乐的一位！

紫鑫虔诚地祈祷着，有点像是一位小女孩，首次离开家，当淡淡的乡愁涌上心头，有些沮丧，然而，想要很快见到爸爸妈妈，又不敢奢望。毕竟，已经离开了家，而离开家必定有离开的理由。

项目进行到现在，紫鑫虽然称得上是老手了，她的控场能力大大提升，已经不惧怕可能出现的不利情况。可是，这第九位"十大妈妈"，竟然也是千呼万唤始出来，有些让紫鑫始料不及。

大不了，就留在这里过春节了，这也是难得的经历，江南春节的文化体验，也是她十分喜欢的。

近来，她常常这样想。

在相对空闲的日子里，除了把过往的访谈材料再度整理之外，又把第十位"十大妈妈"的资料收集了一番，还抽出了几天时间，去相邻的两个小城市走了走。旅行期间，也和一位从同桐出发，同一辆公交车前往访友的年轻妈妈交上了朋友。一路上，两位邻座谈笑甚欢，尤其是来自同桐的年轻妈妈，完全摆脱了通常意义上的小城市人的某种对陌生人的警惕和拘束，聊着聊着，一个多小时的车程，恍若一瞬间就走完了。

后来，她们又在同桐市约见了两次，这位和紫鑫萍水相逢的年轻妈妈阿山，才是真正意义上的幸福快乐妈妈。

说实在的，要不是工作的原因，紫鑫只愿意选择和阿山这样的妈妈毫无保留地交流，这样，自己也会变成一只雀跃的、丰衣足食的鸟儿，让幸福快乐洋溢周身。

紫鑫笑自己就快得妈妈综合征了。

现在，她有一种强烈的愿望，去结识和了解妈妈们。

妈妈们是一个多么特别的群体啊，这个群体的人性挖掘，其价值是空前的，甚至，对社会的发展也会起到相当大的作用。

是的，不管妈妈们年老或是年轻，她们本身是一座活火山还是死火山，她们活力四射，或是对生活充满激情和希望，或是已经变成一个怨妇，在一个无望的孤岛上忧郁独行，她都愿意去探寻她们的内心世界。她愿意接近火焰，也愿意与寒冰为伍。

在自己为妈妈们的命运心怀忧虑又充满无限祈祷的时候，她遇见了阿山。

从阿山身上,紫鑫确确实实地看到了妈妈们的希望。

她想,不管年轻的阿山将来会经历什么,命运是操纵在她的手里,还是她被命运的绳子牵着走,或许她也和采访过的"十大妈妈"们一样,要遭遇意想不到的苦难……但这些全然不重要了,她一身的正能量,对生活有着自己独到的见解,幸福快乐每一天,活在当下,足够!

世界上有一种人,善于把情绪的乌云化解成看不见的尘埃,让天空重现湛蓝,这种能力是属于阿山和阿山们的。

紫鑫越想越兴奋,访问第九位"十大妈妈"的计划,虽然进展得不是那么尽如人意,但有快乐心情陪伴,似乎感觉整个人轻快了许多。

一个寒凉的早晨,紫鑫终于见到了自己访谈的第九位"十大妈妈",刘芸云。

前几次,马上就要到约会的时间了,可是对方终于还是放了紫鑫的鸽子。

这是第三次约定时间了,所谓的事不过三,均考验当事人的教养和耐心。

前两次相约,都是由刘芸云定在了同一间咖啡厅里见面。

同桐城里刚开了一间意大利风情的咖啡店,据说是杭州总店的一家分店,成功的宣传,让咖啡香很快弥漫了左邻右舍。由于环境优雅,古堡式的外部风貌,本来在同桐小城就是一个亮点,尽管显得和周围的环境不相协调,也有一种独特之美,再加上内装表达的意大利浪漫风情,壁炉上的古董钟,闪闪烁烁的蜡烛水晶灯,精致而考究的咖啡具,地中海风情浓烈的飘逸着进入人们骨髓的钢琴乐……这里,简直是迷人极了。

这是年轻人颇为喜欢的地方,这间咖啡店既不叫"罗马"或"米兰"什么的,也不叫长长的翻译过来的洋名,而是起了一个让人心理感觉微妙的名字:"晴人"。

刘芸云喜爱这里,她是一位潮流和时尚的追随者吗?

紫鑫提前来到了这里。

寒冷的冬日里,小天地中一派温暖蜜意。成双成对的年轻人在这里约会,松软的深灰色地毯上,放着他们的羽绒服或是呢子大衣,年轻人啊,还来不及或是不习惯把它们挂到衣架上去呢,就急着和各自的恋人甜言蜜语去了。

紫鑫环顾四周,即刻有服务生前来问询是否需要帮助,年轻俊朗的小伙儿,西装笔挺,彬彬有礼,在英国,这也是超五星级的待遇,紫鑫立即回以微笑,轻轻地说:"刘芸云女士订的桌。"

落座一会儿,刘芸云到了,风尘仆仆,又精神奕奕。

"你好啊!真的不好意思,可是呢,你早到了,可我并没有迟到,是吧?"刘芸云颇有礼貌地说。

"是我早到了。"紫鑫微微一笑。

"这里还不错吧?每次来,感觉都特别好,听着音乐,就会忘记时间,还有,大帅哥和大美女,这里都有,看着可是养眼。"刘芸云一边说,一边扭头看是否有服务生从身边走过。

紫鑫笑着点点头。

刘芸云险些就把自己打扮成一只首饰鸟儿了,耳环、项链、手链和胸针都披挂上身,这些金属质感的首饰,虽然是亚光的金色,但也是格外光艳照人,她因此涂上了厚厚的口红,这样才不至于让饰物太过突兀,让自己的容颜失色。

脱掉了卡其色的呢子外套,原来刘芸云也是一位颇为富态的中年女士,尤其是她穿着纯白色的羊绒连衣裙,更显得身体丰腴。

"我们都来咖啡好吗?这里的摩卡很不错,你可以让他们多加些巧克力进去,口味更好。"刘芸云不由分说地介绍着,她显然熟悉这里的咖啡口味。

紫鑫点点头。

"真不好意思,前两次失约,都是因为我不好,谁要男朋友们偏偏在这个时候都来找事儿,不过,"刘芸云话锋一转,"刚才说错了,他们都是我的男性朋友。我请他们帮忙干点事情,说了很久才来,你知道的,那些个刷墙啊、修家具啊的体力活,我们女同胞怎么能干得了呢,再说了,我们可以帮着他们干点其他的事情嘛!"

像是自言自语,又像是告诉紫鑫她失约的具体原因,刘芸云倒是一个蛮接地气的人。

"要生活嘛,老公天天打麻将,不爱回家,靠不住的啦!"刘芸云的抱怨让紫鑫吃惊,在一个第一次见面,几乎是陌生人的面前抱怨老公的女人,是要有非凡胆量的。

紫鑫刚想要说干那些家里的活找专业的公司也可以啊,但是,基于职业的素养,只是以微笑和聆听来应对。

咖啡上来了,好大的一杯!

配咖啡的小点心是店家自制的杏仁曲奇饼,做成了一面迷你扇子的模样,又像是一枚奶黄色的珍稀贝壳,静静地躺在蓝色金边的瓷盘里。

刘芸云很享受地看着她面前的食物，比看着紫鑫的目光更加柔和。

"在这么好的环境里，我们应该只是谈美好的事物，对吧？"

"是的，谢谢！"

紫鑫还没有找到访谈的话语切入点，只能用简单的礼貌用语来接替下一步的主题。

"听说你在同桐住了不少日子了，这个小地方没什么特别的去处，以前，连一间像样的咖啡馆都没有，真的是难为你了。不过，我还是不明白，你为什么不去找找市妇联什么的，一旦和政府挂上关系，你的采访就容易得多了，如果是由他们来安排的话，没准你现在已经回到北京，和家人一起准备过年了呢！听说你是见过大世面的人，应该想到这么做啊！"

"谢谢您的建议，这样确实不错，我们的项目要求比较高，所以采访情况越真实，越本质化越好。"

"噢，是这样啊，这个我明白，你是不是说，我们的谈话也要真实些？"

"是的，一定的。但是请您放心，我们会充分尊重您的隐私。需要的话，我们可以和您签订有法律效力的保密协议。"

紫鑫用了"我们"，而不是"我"来表达原则性的意见。

"这样可好，我不用小心翼翼地说话了。"

"可以这么理解吧！"

"那好，我先说一件事情，你应该还不知道。"

"好。"

"'十大妈妈'选举结束后,很多人不服气,就去政府告状,说什么太不公平,怎么还都不知道有这件事呢,选举结果就出来了。还有的说选出来的妈妈们实在不怎么的,没几个是漂亮的,也没有什么过人之处,还说有的甚至品行不好,隐瞒了很多的丑事儿。流言可多了,好在啊,我们还不拿奖金呢,只有证书和奖杯,奖杯还是厂家赞助的,充其量只是一件工艺品罢了,要不然,事情就没这么简单了。对了,事情非常非常严重,原先说的要奖励10万元,你知道的,这个动力可是不小啊,后来,不了了之了!!"

紫鑫没有马上回应。

如果这是一个真实的情况,那么,玩笑确实开得大了点。

不过,为什么其他的"十大妈妈"都没有提到这笔奖金的事儿呢?"有这么严重吗?我看过选举条件,可没有要求大家把隐私都公布出来。"

紫鑫接上了刘芸云的话茬,但是却有意避开了关于奖金的话题。

"严重嘛,说有就有,说没有就没有。这得看政府和媒体的,如果这件事情根本不去做的话,就什么是非也没有了。"

"这倒是。"

"所以,人啊,太渺小,得自在地活着。自私点,狭隘点,没什么不好。"

"您是说,活在自己的世界里。"

紫鑫的话刚落,刘芸云马上接过了话茬:"你说得真好,我一直找不到一个好的句子,来形容我的想法,这下有了,就是'活在自己的世界里'。"

噢,她是怎样地活在自己的世界里呢?紫鑫内心里不禁感叹起来。

这一刻,她仔仔细细端详起对方来,怎么看,刘芸云都不像是被这个城市选举出来的"十大妈妈"。

也许,在自己的心目中,已经不经意地为"十大妈妈"们贴上了标签,她们在自己的心中和笔端都占据了一席之地。她们的确是特殊的一个群体,体现出生命体强烈的多样性特征,很难用一两句话来概括她们身上的特点,只是,她们都不愿意向命运低头。所以,必要经历苦难,经历鲜为人知的一桩桩促进其成长的事件,当我们怀着尊重之心去了解她们的时候,你会惊叹于为什么她们会如此的表里不一。当然,这里说的是,她们的外表特征,言谈举止,常常掩盖了真实的她们,中国的妈妈们,似乎都有着这样的与众不同,这是文化使然,还是习惯的势力?或是命运塑造了她们?

紫鑫对眼前的刘芸云充满了好奇。

"今天见到了你,我还是挺愿意和你交流的,因为你和这里的环境很配。"

"谢谢!"

尽管紫鑫觉得这样的比拟并不是十分合适,但她却是微笑着点点头。

"干吗要选'十大妈妈'啊,既不像选美,又不像演电影,还没有钱可拿,你说有意义吗?我看是没事找事做。"刘芸云丝毫没有觉得这样的抱怨有什么不妥,她神秘兮兮地看了看紫鑫,接着说,"告诉你一个秘密吧,我从小就想当明星,阴差阳错就没有当成,你说,像我这么有漂亮脸蛋,又懂得演戏的人,尤其是有气质,有素质的,也并不多嘛,是不是?本来嘛,我都有机会去上银幕的,可是,当了几次群众演员,导演却看上了别人,选了别人当主角,你也知道的,那时候太年轻,不知道怎么去搞定导演,连抛个媚眼也不会,也没有人教啊,可惜了!所以,评选'十大妈妈',对我来说就是小菜一碟,也就是参加个时装秀嘛,用不着大阵仗的。"

刘芸云缓缓地说着,眼眉低垂,心思很重的样子,确实是像在说着一段剧中的台词,沉浸在自我表达中的她,颇为认真。

"您喜欢现在的工作吗?"

"图书馆的工作很轻松的,没什么创意,按部就班的,就是稳定,不过,来借书还书的人里面,有特别不错的,能和他们交上朋友,这倒是我喜欢的。你看,这几天帮着我家做事的男朋友,都是在我们图书馆认识的。"

看来,刘芸云习惯于把男性朋友说成男朋友。

"您一直在图书馆工作吗?"

"不是啦。"她摆摆手,像个小姑娘似的,带点害羞的神情,像是回到了某种回忆里,"我原来是个幼儿园的老师,和小孩子打交道,你知道的,好玩是好玩,但是我很没有耐心,再说了,我刚要成为他们的偶像,他们就从幼儿园毕业了,上小学去了,所以,我不喜欢。只在幼儿园工作了三年,然后就到市图书馆工作了,来市图书馆的人多,老老少少的都有,我很容易成为他们的偶像!"

交朋友和成为偶像,看来,不能不说这是功利的目的。

她的可爱之处无不围绕着坦诚。

"你看,我这一待,就是二十年了,二十年的时间,你说,能演多少部电影啊,是吧?我在想,以后没准还有机会呢,我现在比以前成熟了很多,演成熟的角色应该更有吸引力,比如演妈妈、奶奶,或是演她们的少女时代也不错，化化妆就活脱脱一个大姑娘了，哪天试给你看！"刘芸云颇为自得，尽管两只手和肩膀的动作做得有点夸张和滑稽，但对未泯理想的热切期待之情，却是表露无遗。

"你说，我还能当明星吗？"

"为什么不能呢？"

"哎呀，很多朋友都打击我，说是过几年都退休了，算了吧！"

"您自己的信心很重要。"

"这话我十分爱听，就是嘛，你看，我去片场追星，那些和我一样去追星的人，就常常把我当成明星了。我啊，就是有明星相，这可不是人人都有的！"

"您很美。"

"你真让我高兴。话说回来，你采访我，我们得谈点什么吧？你看看，我就喜欢东拉西扯的，那点陈芝麻烂谷子的事情，不讲出来，又难受。"

"您认识其他几位'十大妈妈'吗？"

"不认识。不过，我认识的几位候选人，都没被选上。"

"您当选后，和当选前有什么不同的感受吗？"

"当然有。自己的身上被贴上了一个标签，你说，能一样吗？起初是得意洋洋，毕竟也当了明星了嘛，但是后来就感觉心里挺虚的，也没有人再在意你，和从前渐渐一样了，心也就凉了。"

"您觉得，如果有机会，您会去参加一些学习活动吗？或者说，如果有国际基金会支持妈妈们，您觉得您需要哪方面的援助？"

"这当然好，妈妈们很可怜的，见的世面太少了，如果能去别的地方，看看人家怎么当妈妈的，就很有必要。"

"在中国学习和出国学习都是好的选择,对吧?"

"是啊,就算你自己出得起钱去国外,也没有办法看到你要的啊,语言又不通,会讲外语的妈妈没有几个。我们图书馆里的英语培训班,连续学了好几年的人,也不会讲,权当是娱乐了,更别说当妈妈的,家务事一大堆,男的大多不肯分担,自己一个人扛着,更没有时间和精力了!"

"您的想法不错。"

"还有呢,就是给当选的人发点奖金,这年头,要来点物质的奖励才有劲儿嘛。"

"嗯。"

"还有呢,妈妈们都不看书学习了,来图书馆的,要么是来陪着孩子的,要么就是哪方面着急了,就跑来查查看的。还有的,就是来为孩子和老公还书,你推荐给她们一些好书吧,她们就直接推托说没时间。可怜我一片善心啊,她们也好可怜!"

"您的建议是?"

"没有什么特别好的建议啦,谁也不能解救她们,得她们自己愿意才行!"

"有一句话,是这么说的:为子女和家庭投入之前,女人不如先投资她自己。"

"说是这么说,做到的人,也是仙人级别的了!"

紫鑫扑哧一笑,心想,看来仙人难觅啊!

刘芸云也笑道:"你说,自己是个俗人吧,不全是,可是,不是个俗人才怪呢!"

紫鑫又微微笑了,内心里却在为"十大妈妈"们纠着心,她们自身几乎都是一个矛盾体,好多次,让自己不忍去直视她们的内心世界,这段时间,采访之余,常常想起泰戈尔的诗句:"你的负担将会变成礼物,你受的苦将照亮你的路。"

但是,妈妈们会这么去理解自己吗?她们来得及多一点思考关于自己吗?

付出的,使命的,努力的,辛苦的,忍辱负重的……还有其他许许多多的词语,都注定成为妈妈们的特质定语吗?

突然间,年轻妈妈阿山快乐活泼的身影出现在眼前,新一代妈妈们的世界观、思想,多多少少不同于上一代的妈妈,这是个可喜的进步。如果她们中的大多数如同阿山一般地生活,对孩子的影响力该会是与众不同的。

眼前的这位刘芸云,平常又颇不平常。她并不急着谈她的家庭、孩子,她性格中的矜持,让紫鑫心怀等待,又油然升起尊敬之情。

正当两人停下了访谈的当儿,顿觉音乐声弥漫了整个空间。欧美经典的圣诞音乐,轻盈优美又温暖贴心,总是让人百听不厌,咖啡里夹杂巧克力粉末的奶泡,也满足了唇齿间的别样享受。

"噢,有一件事儿,一定要和你分享。今年夏天的时候,我和一帮男朋友去成都玩儿,然后,就从四川出发,行脚前往普陀山朝拜观世音菩萨。七八月嘛,天气越来越热,有时候一起床,温度就差不多有35度,一出发,就是顶着太阳的暴晒,接着一天下来,你猜怎么着?真的感觉一路就是天堂,因为那个目的地就是你的信仰,我们一直走了将近五个月,到了,天堂好像结束了,真的好神奇,我也差一点,就和他们一样,信了佛教。你知道的,我对佛教知之甚少,所以,他们也没有勉强我。看看我的手臂和脖颈,黑得不成样子,烧焦了似的,都是这次远征的纪念品。"刘芸云说着,便伸出自己的手臂让紫鑫看,语气里含着骄傲和真挚,见紫鑫没有打断她,便接着说,"我原来打算这几个月下来,起码减重 10 公斤的,可是只减了 5 公斤,肌肉结实了,看起来比原来苗条了许多,可是不知道怎么的,才回来两个月,就快要长回来了。看来,这次出行是修心,不是修身,哈哈哈……"

"您的状态很好,能有这样的体验,真让人羡慕,出行这么久,也难得。"

"谁说不是呢?我回到单位,差一点就被开除了,好在我写了好几份检查,认错的态度相当好,才感动了他们,头儿们也确实舍不得我离开,毕竟我是老员工不说,也是当之无愧的'馆花'!"

"'馆花'?"

"自己封的,像是学校里的校花吧,是我们图书馆的花儿!"

"我明白了。"

"所以啊,有惊无险,我很幸运的,是不是?"

"是啊!"

刘芸云的话匣子就要完全打开了。

"我们来点吃的吧?"紫鑫反客为主,提议道。

"好啊,正好也该是吃晚饭的时间了。"

其实,这是下午茶的时间,只是,和大多数的咖啡馆一样,柔媚的灯光也是白天的艺术品,所以,让人有夜晚来临的感觉。

两个人各自点了餐食,边吃边聊。

"为什么你没问我怎么就当上了'十大妈妈'?"

"这是每一个记者的问题吧?"

"你真聪明。"

"您一直在告诉我啊!"

"我倒是没觉得。"

"比如,您做演员的梦想,您的工作情况,您对于这一届'十大妈妈'的看法,还有对于选举的建议,以及对国际基金会支持妈妈们的建议……"

"我有这么好的想法吗?说了这么多的话吗?不觉得啊!"

这时,一个西装革履的年轻男士过来和刘芸云打招呼,这个30岁左右的小伙子,个子不高,一副麻利而精干的样子。

"这个男生也是常来我们图书馆的,从杭州来,准备在这里开间英语补习学校,这样的小男朋友也很喜欢我,因为我是真心帮助他们的。"刘芸云恨不得把周围发生的一切都告诉紫鑫,她是这么一个率真的人。看来,用她的一股子心口无遮的率真劲儿,去实现进入娱乐圈的梦想,确实是有相当难度的。

"说到哪里了?"刘芸云回过神来,轻轻发问。

"嗯?"

"对了,我们这里的日报社记者来采访我的时候,一上来就拿出来一张问题清单,冲着我说,我们采访的内容都在这里了,然后,照着就念:你获选的感想是?你为什么来参选?你的家人支持你参加选举吗?如果请你用一句话来安慰落选的人,你的回答是?噢,还有些题目我记不清楚了……"

"您是怎么回答的呢?"

"一点也不记得了,都是临时瞎编的,谁不知道这些东西要登到报纸上去呢!"

"大家的回答都有临场发挥的可能,对吗?"

"当然。"

"你知道的,报纸上的东西,有多少是真的呢。这年头,看报纸的人越来越少了,即使看了,也不记得。"

"参选的时候,您开心吗?"

"开心的,我当作是选美比赛嘛!"

"您如果没有当选的话,会不会沮丧?"

"不会啊,我参加的时候,就知道自己是一定会被选上的,所以很轻松。"

"为什么?"

"看了看其他的候选人,起码在形象气质上,我不输给她们。还有,我知道在什么场合穿什么衣服,说什么话,我业余自学表演,一直坚持着呢!"

"这好比是演一场戏?"

"是啊,我是主角。"

"评委怎么赞赏您的?"

"我先说了,我是以一个普普通通的妈妈的身份来这里的,与其说是参选,不如说是来学习的,向其他的妈妈们学习,相信她们身上都有着值得我学习的好品格、好思想、好行动。"

"这可是太能赢得人心了。"

"我还说,我知道当选的条件,对每一位妈妈都是挑战,因为你身为妈妈,做了妈妈应做的事情,还要做得足够好,才可以来参加的,所以,我并不期待自己能够当选。只是如果评委能够支持鼓励我，你们会发现，这个巨大荣誉的价值，会让我和家人的生活，变得越来越好，我会永远衷心感谢你们的善意。大概是这么说的吧，当然，我还引用了著名作家、教育家和哲学家关于家庭和妈妈的格言，然后我向他们深深地鞠躬，那个掌声雷动啊，太让人过瘾了！你知道，他们哪里见过这个阵势啊，是不？"

"可以想见。"

"所以啊，'十大妈妈'就是'十大妈妈'自己，什么为了孩子，为了丈夫，为了公公婆婆什么的，有那么一点悲剧的色彩在里面，不会招人喜欢的。"刘芸云做了一个很戏剧化的动作，她举起右手，挥舞过眼前，表示不屑和否定。

紫鑫想起描绘20世纪民国时期的电影里，那些身穿旗袍，烫着短卷发，脚登高跟鞋的阔太太们，手里拿着绣花丝绸手绢，一旦被谁激怒了，就一只手叉腰，一只手挥挥手绢，扭着腰肢和丰臀离场的样子。

刘芸云确实是一位颇有演技的"十大妈妈"。

"您不介意回答我，您丈夫是做什么工作的吗？"

"他呀，是保险公司的一个理财经理。这把年纪了，才做到这个位置上，真的是难为他了，笨嘴笨舌的，偏偏去做保险，谁不知道，这是相当有局限的。"

"您支持他的工作吗？"

"一家人，不支持怎么办呢？我的那些男朋友，常常帮着他买这个买那个的，反正我也不懂，他们说跟谁买都是买，我也安心了。"

"他支持您的工作吗？"

"他根本就忘了我是做什么工作的。他总是说，一个真正的明星是用来追的,他把我当成明星,只有他这样做,他说我已经是明星了,让我开心得不得了,我也知道他在哄我,但是,总比不哄我强多了,我每天上班,都像去演电影。"

"感觉好是一种幸福!"

"你说得对,不过,理解我的人真不多,有时候我想,干吗要人家来理解你呢?多余的。"

"有道理。"

"你有孩子吗?"

"对不起,我还没有结婚呢!准确地说,还没有男朋友。"

"这就对了,你没有做妈妈和为人妻的体验和感受,才能把妈妈们真实的方面挖掘出来,而且是不戴任何有色眼镜的,我喜欢。"

"您的孩子多大了?"

"初中二年级。"

"正是逆反的年龄。"

"是啊,淘气得不得了,像只公猴子。好在,我是戴安娜王妃,他是威廉王子。"

"真有意思。"

"我们编了一出舞台剧,叫作'王妃和王子',两个主角把家里的小狗,小时候的毛玩具,桌子板凳都邀请来做其他的角色,忙得不亦乐乎,他似乎忘记了学校里的铁板烧排骨老师。"

"什么老师?"

"呵呵,抱歉,老师的外号,儿子说这个老师该去死的,最喜欢做的事情就是骂人,太招人讨厌了。"

"您是用艺术的方式,转移了孩子的注意力。"

"我没有刻意,也没有那么专业,只是喜欢,我和儿子从小到大都在一起编舞台剧,有时候,就扮演电视剧和电影里的角色。"

"难得!"

"是啊,我这个妈妈当得有点不可思议,总之呢,是活在自己的世界里了。可惜啊,如果经济条件更好一点的话,能活得更潇洒些,更滋润些。"

"比如呢?"

"出国去看世界啦!特别想去看看星光大道,看看好莱坞,也想去印度的宝莱坞呢!"

"这并不是个遥远的梦啊!"

"感觉到了,再攒点钱,就可以啦!我和男朋友们提议说走着去,可是,这回啊,全都摇头了,呵呵!"

紫鑫相信时间这个骄傲的东西,对于女人是颇为惧怕的,尤其是两个女人的专注谈话,打破了它们惯于静静流淌的习俗,它们只得欢快地跑跳着前行了。

已经是晚饭的时间了。

"我们就在这里吃晚餐吧,分享一个情侣套餐,怎么样?"刘芸云显然对这间"晴人咖啡厅"颇为眷恋。在这里,不必记得自己在哪里,除了中文的气氛之外,仿佛置身于意大利、英国,或是其他的什么地方,都可以想象。

紫鑫点点头。

咖啡厅里的客人越来越多了,带孩子的家长和中年人,也钟情于这个温暖而充满了艺术气息的地方。

紫鑫感觉到一种文化的交融,像是一块含在嘴里的黑巧克力,当你美滋美味地品味着渐渐融化在口中的感觉时,心情像极了看到春暖花开时的明媚。坐在这样的地方,如果有人说不喜欢吃西式食物的话,恐怕得小小声表示抗议吧,要不,人们怎么会欢天喜地地赶来这里,只是为了吃不怎么正宗,换句话说,是按照中餐厨师的愿望,改良过的西餐吗?

正是文化的力量赢得了更多人的喜爱,进了美术馆的人,怎么样也不舍得在那里显露出不懂得艺术欣赏的模样吧!

刘芸云的眼睛放光,她们聊了这么久,可是她的兴致依然不减。毕竟,这个地方和坐在她对面的人,都让她喜欢。

女人喜爱伪装,可是,她们也是最不善于耐受粉饰的一个群体。她们往往是一潭潭清澈见底的湖水,不及和宽广深邃的海洋相遇,就让人看到了潭底的景观,水中的小石头上是否覆盖着淤泥,水草是否肥美健壮,小鱼儿是否在欢畅地游着。

只是,女人要被宠爱,才能让人遇见她的真心。宠爱,如同风儿,吹皱了湖水,吹暖了女人的心。

"我们好像是没谈什么,又好像是什么都谈了。"刘芸云的戏剧化的话语,惹得紫鑫不禁笑了。

"一个下午的谈话,真的让您辛苦了。"

"这么中听的话?你简直就是我遇到过的最会说话的女孩子!"

"您过奖了。"

"你看看,又来了吧!以后啊,我们之间随便一点,好吗?我还想约你去见见我的那些个男朋友呢,我要向他们介绍留洋的姑娘,让他们增长点见识,变得大气点儿。"

"您太客气了!"

"就这么说好了,啊?!"刘芸云孩子似的,伸出了小指头,要和紫鑫拉勾勾盟誓。

接着,紫鑫又听刘芸云聊起了这间咖啡馆老板的创业故事,以及这里的员工培训什么的。

说着说着,刘芸云的声音变得有些沙哑了。

虽然有些不忍心,但紫鑫还是婉转地和她刘芸云道了别,如果不是这样,她担心刘芸云会觉得很累。

在咖啡厅里坐了整整一个下午,这时,紫鑫走在室外的寒风里,才感觉到双腿有些麻木,索性就边走边弯腿伸胳膊,活动活动肢体。

"你回来啦?"一个空灵灵的声音传来,着实把她吓了一跳。

前厅空无一人,紫鑫可是刚刚在杂乱的思绪里回过神来。

青年旅社前台的小姑娘,今天化了浓妆,一直等着紫鑫姐姐回来看上一眼,她明天要去当伴娘了,心情激动地在试妆呢!

"漂亮吗?"

"非常漂亮,可是,不能比新娘子更漂亮,会把人家的风头给抢了去,新郎会变心的。"

"哎,我正想着新郎要变心才好啊,人家喜欢的人,还来不及说呢,就要做别人的新郎了!"

"谁是人家啊?羞羞!不可以这样诅咒人的,没准你会找个更好的呢,是不?"

"姐姐说得对哦!"

小姑娘嗲嗲的声音,让紫鑫心里一缩,一股痒痒劲儿,立即窜到身上。

"什么时候吃姐姐的喜糖啊?"

"等着吧！等个够!"

"我才不相信呢!"

"那我咯吱你!"

紫鑫回到房间，书包，围巾，羽绒大衣，帽子，所有的装备，都卸下了，然后，站在床边的竖条镜子前，仔细端详起自己来。

十二、冬日的阳光

又一场大雪覆盖了同桐，雪是大地的吉祥物，滋润大地，却又让整个城市改变了往日的模样。在白茫茫的视野里，只有建筑物的高高低低，道路的弯弯曲曲，挺拔或低矮的行道树清晰可辨。在那些阡陌纵横的、曾经婀娜多姿地在城市里流淌的小溪里，水结成了冰，雪覆盖了冰面，小溪便和地面融合成了一体，这单调和苍白的城市画面，简直和江南水乡的美名扯不上任何干系。

气候的逐渐变迁，正在颠覆着人们心中传统的地域和气候概念。虽然人们并不会十分担心有朝一日，北京会不会变成海南，但对于眼前的场景，并不是由衷喜欢，毕竟，习惯是一株根深蒂固的大树，树根深埋在泥土里，经年不变，一旦遭遇了环境的改变，适应起来，也是需要时间的。

令紫鑫颇不习惯的是，这里的室内几乎和室外一样的冷，而且是一种浸入骨髓的湿冷。

在广大的南方，即便是在大雪纷飞的日子，室外的温度几乎近于零，或是已经低至零下，可是，人们还只是限于用穿上厚厚的冬衣来御寒，家里既没有暖气，也没有壁炉。

不知道，这是经济状况使然，还是习惯使然？或是身体里的基因决定的呢？

所以，抗冻的往往并不是北方人。

但无论如何，冬天和安静有一种天然的联系。紫鑫决定，抓紧时间，写完报告的大纲，尽快递交给公司，春节前的时光，待在北京的焦躁环境里，倒不如留在这里"做作业"。

"嗨，美丽冻人的紫鑫公主，还想不想回北京啊？依我看，是找着南方的恋人，把北京给忘了吧？"电话的那一端，传来乔——溜儿的京腔，这些天听惯了当地人别别曲曲的普通话，乍一听来，还真有点不习惯了呢！

"一惊一乍的，吓着本姑娘了，这里下大雪了，倒是很想有人送温暖呢！"紫鑫呵呵笑了。

"告诉你啊，再不回来，那帮提亲的人就得把老板给绑架了，你还有没有眼力见儿啊？别那么笨啊，真的是替你着急！"乔一啊，只要是冲着紫鑫发嗲，一贯的口无遮拦。

"您呐，找茬呢？这呐哪儿跟哪儿啊？"

"您呐，啥时候能回来，给个准信儿啊？"

"好歹把作业的大纲写完了，就回来了！"

"我的天啊，这得等到黄花菜都凉了吧?!记住了，我得为你准备一个欢迎仪式呢！这可是毛夏夏叮嘱的。"

"又是毛夏夏！咱们说点别的，比如，带点啥好吃的给你！"

"就是因为这个胖，不是，是丰满，刚和男朋友分手，人家说，一人吃两人的饭，养不活你啊！"

"耍贫嘴吧你，说真的，我也想大伙儿了！"

"这就对了！透露点消息给你吧，公司今年业绩相当地不错，所以，红包大大的。"

"是啊，我们都得加油！"

"看你，浑身充满正能量，难能可贵啊！"

"哟，午餐时间到了，乔一娘娘准备用膳了吧？"

"减肥，不吃了，喝水。"

"向你学习吧，喝水，午休。"

……

空气似乎在寒冷中凝结了。此刻，仿佛安静是这个世界唯一的主人，时间也悄无声息地前行，生怕打扰了这个正在伏案工作的年轻人。

青年旅社里唯一的休息室，很少有精力充沛的住客在这里歇脚。所以，这里似乎成了刻意为紫鑫准备的独立办公室，还供应一些免费的袋泡茶和小饼干，和大厅一样，对窗的墙上，挂着两幅陶瓷风景画，艺术气息油然而生。

小姑娘送来了热水袋，小心翼翼放到紫鑫的手上，示意她暖手，然后又蹑手蹑脚地退出了房间。

一直工作到了傍晚，才想起来，要和市妇联联系一下。

其实，妇联办公室主任的微信早就发过来了，约她今天下午或明天上午去办公室一趟。

紫鑫的心里如同照进了暖暖的冬阳，一下子就被温暖了：明天就可以通过妇联联系到第十位"十大妈妈"了，真好！

前台小姑娘欢天喜地地去参加婚礼了吧？这时，一位中年妇女正在前台忙碌着。

"小姑娘留了盒饭给你，我帮你热一下吧？"中年妇女说。

"谢谢！太感谢了！"一时间，紫鑫的心头涌上一股热流，日久生情，小姑娘对她产生了如同家人般的情感。

从妇联办公室出来，已经是近中午的时间了。

其实，和办公室主任谈话的时间不过15分钟。但是，紫鑫眼看着主任登着高跟鞋，走进走出，要么就是接电话或是打电话，东忙西忙的，没有一点工夫和她说话，似乎她是这个房间里的一尊司空见惯的摆设，有兴致的时候，可以看上一眼，反之，完全可以把她给忘掉。

"快要过年了，你还没有走啊？"

"是的，我的访谈还没有结束，还有一位叫朱珠的'十大妈妈'始终联系不上，其他几位'十大妈妈'也和她不熟悉，所以，我就来妇联求助了！我昨天发微信给您……"

"噢，原来你讲的是朱珠啊，她后来没有当选为'十大妈妈'。评委的争议太大，大家讨论的结果是宁缺毋滥，所以，她就没有被评上，我们的选举条件上也没有说一定要评选出十位的。"

"我明白了，谢谢您！"

"噢，对了，你的采访做完了，也给我们一份材料嘛。还有，如果要登到报纸上去,最好给我们看看,帮你们把把关。"妇联主任一脸的阴沉,脸色比今天灰色的天空光亮不了多少。

紫鑫沉默了,并没有接她的话茬。

她本来想问,为什么报纸上还刊登了有关朱珠女士的报道呢?在关于她的报道中,可是写得有声有色,大凡读过的人,都会顿生尊敬之情。

噢,多么难熬的15分钟,似乎每一秒钟的时间,都要被什么力量阻碍着,这可比自己雕像般等待她的近两个小时,更加长久。

约好了和阿山中午12点一起午餐的,现在赶去,应该恰恰好准点。

一见面,两人就来了个亲亲热热的熊抱。

"今天请你吃蟹黄小笼包和糖藕,还有桂花芋苗,甜的咸的一起来,好吗?"阿山有机会做东,高兴坏了。

"都穿了一样的牛仔裤和羽绒衫,还能说不好?"紫鑫看看阿山,又看看自己,打趣道。

"姐妹装,高度一致!"阿山伸出了右手的大拇指,并调皮地撇了撇嘴。

"这里好热闹啊!"

"可不是,南京的小吃,到了这里,也是不错的。"

"我们就坐在那盏红灯笼的下面,怎么样?"

"太好了!"

"可是,我有一个提议,我们先去屋顶上晒晒太阳,再下来吃东西,怎么样?"

"听阿山的准没错。"

是阿山灿烂的笑靥把太阳公公召唤出来了吗?

真的是不可思议,整整阴沉了一个上午的天空,这一刻,太阳缓缓而轻柔地,把光辉播洒到了她们的身体上。两个人不约而同望向穹宇,又相视一笑。

她们激动得把双手伸向天空,在和太阳光的追逐中,获得温暖。

年轻的生命,因此更有力量,去面对未来的生活。